SV

# Marica Bodrožić
# Der Windsammler

*Erzählungen*

Suhrkamp Verlag

Die Autorin dankt der Robert Bosch Stiftung
für das Grenzgänger-Stipendium


Satz und Druck: Memminger MedienCentrum
Erste Auflage 2007
Printed in Germany
ISBN 978-3-518-41914-4
1 2 3 4 5 – 11 10 09 08 07

# Der Windsammler

Es muß ein anderes Leben geben, hier und jetzt, wiederholte sie. Das hier ist zu kurz, zu zerbrochen. Wir wissen nichts, nicht einmal über uns selbst. Wir fangen gerade erst an zu verstehen, dachte sie, hier und da. Sie höhlte die Hände im Schoß. Sie hielt ihre Hände gehöhlt; sie hatte das Gefühl, den gegenwärtigen Augenblick umschließen zu wollen; ihn voller und voller zu füllen, mit der Vergangenheit, der Gegenwart und der Zukunft, bis er leuchtete, ganz, hell, tief vor Verstehen.

*Virginia Woolf*

Wo er denn das Dichten gelernt habe, fragte eine Richterin *Joseph Brodsky*, nachdem sie ihn im Jahre 1964 wegen »Parasitentums« verurteilt hatte. Brodsky antwortete ihr: »Ich glaube nicht, daß man das lernen kann . . . Das kommt von Gott.«

# Der Bildinspektor

Im Schaltwerk der Bilder kamen wir selbst lange nicht namentlich vor. Als meine Schwester Ada und ich aber nach Jahren des Wegbleibens auf die Lange Insel zurückgekommen waren, hat uns der offenbar auf unserem Schiff mitgereiste Bildinspektor verdächtigt, eine Lichtharfe und andere mehrdimensionale Gegenstände zu besitzen. Er sagte es uns gleich am Hafen, eine Lichtharfe dürfe es auf der Langen Insel nur geben, wenn man sie registrieren lasse.

Wenn eine von uns sie bei sich trüge, müßte diese sofort gemeldet und vielleicht sogar abgegeben werden. Das läge an den Gesetzen. Uns hat nie jemand gesagt, wie ein Bildinspektor aussieht, aber als er vor uns stand und noch bevor er ein Wort gesagt hatte, haben wir gewußt, warum er auf der Insel war. Er selbst hat sich nie vorgestellt. Als stünde sein Beruf ihm auf der Stirn geschrieben, hat er uns gleich ohne Erklärungen gesagt, was er von uns wollte.

Ada sah ihm in die Augen und sagte, wir haben keine Harfe dabei, das können Sie an unserem Gepäck sehen. Der Mann lächelte lange, und dann sagte er mit ernstem Gesicht, er wisse genau, daß eine Lichtharfe auch anderswo versteckt werden könne. Er verdächtigte uns in der Mittagshitze dieses Sommers der unsichtbaren Dinge, und ich fragte mich, warum er ausgerechnet jetzt aufgetaucht war und uns nicht schon in der Stadt aufgesucht hatte.

Wir nahmen unsere Koffer in die Hände, um nach Hause zu gehen. Der Bildinspektor sagte, ich weiß, daß Sie lange nicht auf der Langen Insel waren. Zehn Jahre, sagte ich. Er lächelte mich auf eine Art an, als hätte ich die Hälfte unterschlagen. Ich senkte den Blick, er hatte tiefe grüne Augen, die sich im Augenblick meines Wegsehens mit dem Meer vermischten. Die Augen und das Meer wurden eins, fügten sich ineinander, als gebe es keine Trennung zwischen dem Land, auf dem wir standen, und dem Wasser, das das Land umsäumte.

Zu Beginn glaubte der Bildinspektor, seine bloße Forderung nach der Harfe würde uns gleich zu gehorsamen Wesen machen. Aber das sind wir nie gewesen. Es fiel uns immer schwer, fremdem Verlangen zu gehorchen. Wir sind zuerst ziellos umhergegangen. Als wir vor dem Taubenposten standen, merkten wir, daß es uns gleichsam von allein hierher gezogen hatte. Der Wind besprach unsere Schritte und unsere Füße hörten auf ihn. Er kannte den Weg. Er hatte gewartet, sehr lange. Über Nacht betasteten wir den alten Taubenposten, mit den Fingerkuppen zuerst. Dann mit ganzen Händen. Wir haben das nicht beschlossen. Es ist einfach geschehen. Kurz nach unserer Ankunft, aber auch noch einige Male nach der Sitzung der Kommission.

Als wir das Haus unserer Kindheit betraten, sahen wir zuerst nach, ob die Leiter noch da war, auf der wir früher mehrmals am Tag zum Taubenposten hinaufgeklettert waren. Die Leiter war da. Sie sah aus wie immer, unter hundert anderen hätten wir sie erkannt.

Die Bilder sind dann von allein gekommen, eines nach dem anderen, auf die Art der Bilder. Die Brieftauben haben an alter Stelle auf uns gewartet. In aller Stille haben sie ihren Platz eingenommen, wie einst, als wir noch mit der Luft befreundet und mit Hilfe der Leiter in das Innere der Wunder gestiegen waren. Das Reden mit der Luft war damals nicht verboten. Die Eltern ließen uns gewähren, von dort kehrten wir meist ruhig nach Hause zurück und aßen alles auf, was Mutter uns auf den Tisch stellte.

Mit einer Lichtharfe, faßte der Bildprüfer im Protokoll zusammen, als er uns das erste Mal aufsuchte, könnte man Einfluß nehmen, auf das Wetter und auf die Farben. Ob wir das verstehen, wollte er wissen. Wir nickten, irgendwie kam uns alles vertraut vor, was er erzählte. Und in mir stiegen als richtige Orte die einstigen Olivenhaine auf, das Geräusch der aufkommenden Wellen, das Knirschen des Sandes in und unter unseren wetterwendischen Schuhen.

Ich sah uns rennend, im Taubenposten liegend und dachte an jene Nacht, in der wir einfach dort eingeschlafen waren, zusammen mit den Tauben. So haben wir es jedenfalls immer gemeinsam erinnert. Mit Lampen in den Händen sind die Erwachsenen durch die Haine gekommen. Sie haben unsere Namen gerufen, immer abwechselnd den einen, dann den anderen. Ada und ich haben geschwiegen, als hätte es uns jemand aufgetragen, kein Wort ist uns über die Lippen gekommen, und man hat uns in dieser Nacht nicht gefunden.

Wir haben gewartet, bis alle am Taubenposten vorbeigegangen waren. Der letzte, ein Mann, hielt seine Lampe in die Höhe, er hatte die gleichen grünen Augen wie unser eifriger Bildinspektor. Er hat mich damals sehr lange angesehen, ich wußte genau, daß er mich entdeckt hatte. Sein Schweigen und seine Lampe nahm er in die Nacht hinaus, Ada und ich konnten danach nicht mehr schlafen. Am nächsten Tag gingen wir zurück nach Hause. Wir logen und sagten, wir seien im Taubenposten eingeschlafen. Unsere Mutter schaute uns prüfend an. Wir hätten sie hören müssen, das wußte sie, auch im Tiefschlaf hätten wir durch die Rufenden geweckt werden müssen. Wir blieben dabei, es sei uns nach dem Klettern geschehen, eine große Müdigkeit sei über uns gekommen und danach der Schlaf wie in Wolle.

Ada hat später zu mir gesagt, der Bildinspektor sei ihr gleich an der Tür bekannt vorgekommen. Ich habe nichts gesagt, nur geschwiegen, ich wußte nicht, ob es stimmte, ob die gleichen Augen schon einst unserer Lüge Zeugin waren. Im Rücken tanzende Bilder hat er mitgebracht, sagte Ada, das habe sie bei der Begrüßung gleich gesehen, Schiffe darunter, mit großen weißen Masten. Das ist mir als erstes aufgefallen, sagte sie und überlegte, ob die Bildinspektoren auf einer anderen Insel Lichtschiffe gesucht hatten und sie jetzt mit sich nahmen, überallhin. Die Statue des Heiligen Pelegrin sah vom Benediktinerkloster zu uns hinab. Pelegrin redete mit uns, schelmisch und wissend. Wie das Heilige immer so tun.

Von Bildinspektoren hatte schon in unserer Kindheit jeder gehört. Obwohl es verboten war, zeigte uns der Vater einmal einen dieser Kundigen. Er sah aus wie ein normaler Mensch. Es wurde erzählt, er arbeite mit Vorliebe auf Inseln. Er sah sich um, packte sein Notizbuch aus, schrieb Wörter hinein, ganz schnell, sah dabei zu Meer und Himmel gleichzeitig. Als habe er dort etwas gesehen, ein helles Gebiet, Orte, Länder, schaute er immer wieder in die blaue Weite und schien das Gesehene in seinem Notizbuch zu beschreiben.

Die Frauen kämmten ihr Haar, lehnten sich aus dem Fenster und irgendwo auf der Piazza roch es nach Palatschinken und starkem Kaffee. Das Meer glänzte in seiner Anwesenheit wie ein großer Walrücken. Wir fragten uns, was der Mann für einen Beruf habe, ob er Erzähler sei, ein Schriftsteller der sichtbaren und unsichtbaren Wolken. Der Vater sagte, er schreibt einfach Dinge auf, die er sieht. Manchmal seien das Gegenstände, die wir nicht wahrnehmen könnten. Aber dafür sei der Inspektor da. Er finde in der Luft alles, Depeschen, Schutzdächer aus Leinwand und Segeltuch und manchmal auch einen Mühlgraben zwischen den großen Wolken und ihren kleinen Wolkenkindern.

Das machte die Schreibenden irgendwie wichtig, nur wenn sie kamen, sah das Meer so aus, niemals sonst wäre ich auf die Idee gekommen, auf dem Rücken des Meeres zu gehen oder mich einfach an den Horizont zu setzen und hinauszugehen, auf die andere Seite der Sonne. Vielleicht schlief dort eine Schwestersonne, vielleicht auch ihr großer Bruder aus hellerem Licht. Wenn das Meer schon wie ein Wal aussah, dachten die Menschen an vieles, auch daran, daß die Erfindung der Taubenpost sehr schön, aber irgendwie gar nicht nötig gewesen wäre, jedenfalls in den meisten Fällen. Die Leute hätten zu Fuß gehen und den Adressaten alles selbst ins Gesicht sagen können. Was spielt das schon für eine Rolle, ob das Leben gehend an mehreren oder liegend an einer Stelle verbracht wurde.

Ada sagte, ich bin damals ängstlich auf die kleine Holzleiter gestiegen, um den Taubenposten zu berühren. Vor den Bildkennern habe ich mich gefürchtet. Wenn die Stürme kamen, bin ich durch die Olivenhaine gerannt, ich habe lange geglaubt, daß die Stürme, der Regen und der Wind mit meinen Händen zu tun hatten. Ich weiß nicht, warum, aber jedesmal, wenn ich den Taubenposten berührt habe, hat sich der Himmel verdunkelt, und der Regen ist unmittelbar danach gekommen, mit großen Stiefeln und einem langen Atem, als habe auch er eine Lunge. Über Stunden hat es geregnet, und ich habe alle meine Bilder beim Rennen verloren, auch das zärtliche Gefühl in den Fingerkuppen ist mir aus der Haut gefallen, ganz plötzlich, so, wie ein Stein aus der Hand fallen kann, wenn das Werfen sich erübrigt.

Dann, in der Jugend, gerieten wir zum ersten Mal zusammen in den Lauf der Bilder. Es roch trotz Regen nach einem trockenen Sommertag, und irgendwo in der Ferne, hinter den Häusern, hat es wohl wie in den Jahren unserer Kindheit Ysop über Ysop gegeben. Zarte Luft war förmlich zu sehen, über dem ideengesäumten Meer, am Horizont, wo sich die Tauben in ihrer Sprache begrüßten. Die Möwen flogen auf dem Nachhauseweg am Hafen von Schiff zu Schiff, als hielten sie mit ihren Flügeln die Luft zusammen und teilten sie dabei unermüdlich in nur ihnen sichtbare Felder auf.

Gleich in der ersten Klasse, beim Erlernen des Alphabets, hatten wir von unseren Lufteroberungen zu reden begonnen. Unsere Mutter machte sich Gedanken, die Luft sei nicht bewohnt, widersprach sie uns wieder. Beim Taubenposten hatten wir eine Haarspange gefunden, mit grünen Steinen besetzt und fremdartig glitzernd. Anderen Kindern haben die Eltern mit dem Inspektor gedroht, unsere blieben einfach nüchtern und erklärten uns die irdische Welt mit physikalischen Gesetzen, was aus meiner heutigen Sicht auf das gleiche hinauslief.

Vater sagte, es gebe mikroskopische Mysterien, und sprach von einer Andromeda-Galaxie. Das Elektron könne unendlich lange reisen, das sagte er auch und zitierte einen seiner Lieblingsforscher, am Ende müsse man es anerkennen, die Natur, wie sie die Quantenmechanik beschreibe, müsse dem gesunden Menschenverstand absurd vorkommen.

Auch wenn uns nie mit den Bildinspektoren gedroht wurde, schien etwas von den Kundigen der Zukunft in unseren Wörtern zu warten. In der Ferne konnten sie schon mit ihren Notizbüchern stehen und sich an die Arbeit machen, Fragen stellen, Forderungen auch, mit ihrem beharrlichen Blick, der schon wartend auf die Welt gekommen sein mußte. Wenn sie einmal an unserer Tür klopfen sollten, versprachen Ada und ich es uns, dann werden wir zusammenhalten, wir werden nichts herausrücken, nur schweigen werden wir, wie damals, als wir auf dem Taubenposten übernachtet und uns nicht zu erkennen gegeben haben.

Regelmäßig kam jetzt der Bildinspektor zum Haus und brachte einen Kollegen mit, sie standen vor der Tür und sagten, Lichtharfen könne man vom Mond aus sehen, da gebe es nichts zu verheimlichen, aus Fichte sei unsere Harfe gebaut und bringe deshalb mehr Obertöne als Harfen aus einem anderen Holz hervor. Sie selbst zögen aber eine Zedernholzdecke vor, das verleihe dem Instrument einen warmen und weittragenden Klang. Vielleicht sind das stark wünschende Menschen, sagte Ada nachher zu mir, Ada, die seit jeher in der Zukunft zu Hause war. Das Meer sah aus wie immer, als sie zu uns von den Obertönen sprachen, von chromatischen und einreihigen Harfen, von Hakenharfen, keltischen, irischen und gotischen Harfen, von Kinder- und Windharfen, deren Namen wir zum ersten Mal aus den Mündern der Inspektoren hörten.

Das Meer war danach ruhig, wie glattgestrichen von einer zur Ewigkeit befähigten Erwachsenenhand. Aber wie ein Walrücken sah es nicht aus, Walrücken brachten die Bildleute allem Anschein nach nur staunenden Kindern. Und in ihren Augen gab es dabei ein grünleuchtendes Hinterland, in dem die gesagten Wörter Wohnung nahmen. Niemand sah sie mehr in der sichtbaren Welt und doch gab es sie in der Vergangenheit, der Gegenwart und in der Zukunft. Alles konnte im Hinterland, in der Iris der Bildprüfer, eine Aufenthaltsadresse haben. Sammler waren die Wörter und im Archiv zählte einer die Wörter hin und wieder zusammen. Auf einer Insel, wurde gesagt, ließen sich so die bereits gesammelten Vor- und Hinterhöfe der Wörter leichter einsehen. Die Dinge seien im Licht des Meeres nun einmal nicht nur Dinge und die Form gehöre nicht nur der greifbaren Welt an.

Unser Bildinspektor kam nun täglich. Manchmal wechselte er sich beim Fragen mit seinem Kollegen ab. Beide hatten sich ihre eigene Strategie des Fragens überlegt. Zum Schluß stellten sie aber die gleiche Frage, wo sich die Harfe mit den Obertönen befinde. Wir gaben ihnen keine Antwort. Die Notizbücher packten sie wortlos wieder ein, man werde wiederkommen, hieß es. Ada und ich fingen schon an, selbst an diese Obertonharfe zu glauben, und suchten nach ihr, im Keller des Hauses, auf dem Grundstück, auch oben auf dem Taubenposten, den wir in der Kindheit mit unseren Fingerkuppen unzählige Male betastet hatten, als könnten wir dort doch noch Brieftauben aus Ägypten, Griechenland und dem Alten Rom entdecken, die nur auf uns gewartet hatten, um aus der Erinnerung herauszutreten, hinein in den sichtbaren Bereich des Lebens.

Eine Lichtharfe fanden wir nicht. Möglich, daß wir sie damals, unter der Schirmherrschaft der auf unsere Entdeckung wartenden Brieftauben, verloren haben, dachte ich im stillen für mich und beschloß, dies dem Inspektor zu erzählen. Eine Vorladung machte die Lichtharfe zum offiziellen Untersuchungsthema. Eine richtige Akte gab es aber schon sehr lange über uns.

Der Beschluß stehe fest, sagte bald sein Kollege, man habe sich in der Kommission einvernehmlich darauf geeinigt, uns vor einem Ausschuß zu befragen. Wir haben sogar einen Heiler der Wolken ausfindig gemacht, sagte der Mann, und wir werden auch die Lichtharfe finden.

Mutter hat uns nie gesagt, daß es sogar eine Kommission

der Bildprüfer gibt, flüsterte mir Ada ins Ohr und ich sagte noch, sie habe es uns richtiggehend verschwiegen.

Im Saal hatten sich Zuschauer eingefunden, alles Menschen im vorgerückten Alter, die selbst einmal überprüft worden waren, nahm ich an, und die genau wußten, wie wichtig es ist, den Befragten Beistand zu leisten.

Sie behaupten also, daß Sie grundlos auf die Lange Insel zurückgekehrt sind, sagte einer der Prüfer, und keine von Ihnen hat eine Lichtharfe im Gepäck dabeigehabt, als Sie ihren Geburtsort betreten haben? Nein, sagte Ada, wir haben keine Musikinstrumente mitgebracht, wir wollten nur unser Geburtshaus sehen und hier Ferien machen. Der grünäugige, wortführende Inspektor nickte. Sie glauben also selbst, die Wahrheit zu sagen und im Unterholz ihrer eigenen Wünsche kein Instrument aus Fichte zu besitzen, mit dem Obertöne produzierbar sind, faßte er zusammen.

Wir nickten beide, jetzt schon unsicher geworden. Schließlich fragte ich leise, ob man so eine Lichtharfe in der Kindheit verlieren könne. Ich selbst erinnere mich nicht daran, je eine gehabt zu haben, aber möglich sei es doch, wenn schon ein Bildinspektor etwas von uns forderte, wovon wir selbst keine Ahnung oder auch keine Vorstellung hatten.

Eine Antwort bekam ich nicht. Die Bildinspektoren berieten sich. Vor der Kommission wurde ein kleiner Holztisch aufgestellt und ein junger Mann mit Schreibmaschine und ernstem Gesicht setzte sich wortlos vor uns hin. Das ist der Gedankenprotokollant, sagte der Bildprüfer. Er wird alles in die Maschine tippen, was Ihnen durch den Kopf geht. Und jetzt seien Sie bitte ehrlich, was ist der Anlaß Ihrer unerwarteten Rückkehr auf die Lange Insel?

Es ist doch gar keine Rückkehr, dachte Ada und der Gedankenprotokollant schrieb es auf. Mutter hat uns nicht gesagt, daß auch die Gedanken bei den Bildleuten eine Rolle spielen, dachte ich, und wieder tippte der Neue alles mit. Wir sind hier, um Ferien zu machen, sprach es Ada jetzt laut aus. Es ist uns unangenehm, daß wir Ihnen diese Lichtharfe nicht geben können, aber wir besitzen sie nicht, sagte Ada mit Nachdruck. Außerdem sind wir, grob gesagt, sehr unmusikalisch. Wir spielen nur ein wenig Klavier, und das als Spiel zu bezeichnen ist auch schon sehr übertrieben. Von Obertönen verstehen wir überhaupt nichts, sagte jetzt auch ich, um die Aussage meiner Schwester zu stützen. Um ganz sicher zu sein, daß ein solches Instrument nicht doch irgendwo im Haus versteckt ist, haben wir den Dachboden abgesucht und auch im Keller nachgesehen. Wir möchten nicht gegen das Gesetz verstoßen, aber wir haben nichts finden können.

Offenbar hatte etwas daran die Bildprüfer beruhigt, sie entließen uns, sagten, sogar die Insel könnten wir verlassen. Die Harfe werden Sie früher oder später schon noch finden, sagte der Gedankenprotokollant, und Ada meinte, sie höre und sehe nicht richtig. In seinem Rücken befand sich eine Lichtorgel.

Hast du gesehen, daß der Protokollant eine Lichtorgel im Rücken hatte, fragte sie mich auf dem Nachhauseweg. Aber ich hatte nichts gesehen, dachte nur, meine Schwester habe sich jetzt mit den Bildleuten verbündet, denke wie sie, denke, daß es die Harfe doch geben müsse. Ich hätte nicht sagen können, wann das Gefühl zum ersten Mal in mir aufgestiegen war, aber später erinnerte ich mich doch sehr genau. Nachdem wir den Saal verlassen hatten, ging mir unvermittelt durch den Kopf, meine Schwester könnte irgendwie mit dem Bildinspektor unter einer Decke stecken.

Als ich am Tag nach der Kommissionssitzung aufwachte, saß Ada an meinem Bettrand und hatte ihre Hände auf meinen Rücken aufgelegt. Ich prüfe deine Flügelfähigkeit, sagte sie lachend und ich sagte, das lustig zu finden, das sei zu viel verlangt. Aber wir haben doch immer unsere Hände aufgelegt, auf den Taubenposten, auf die Bäume und auch auf die großen Schiffe, als wir sie in der Kindheit zum ersten Mal in den Hafen einlaufen sahen, in den langen Sommern, an den Abenden, mit den großen Lichtern und mit der Musik an Deck. Das war etwas anderes, sagte ich, jetzt überprüfst du mich und suchst die Harfe, du verdächtigst mich, daß ich die Harfe habe. Nein, sagte Ada, ich mache hier Ferien mit dir. Sie sah ehrlich aus dabei oder wirkte zumindest wie immer.

Ich verließ den Schlafraum, ohne mich umzudrehen, und ging am Benediktinerkloster vorbei. Der Heilige Pelegrin lächelte. Ehe ich mich versehen hatte, war ich am Taubenposten angekommen. Die Holzleiter lag auf dem Boden, die Tauben waren nicht mehr da. Ich machte auf dem Absatz kehrt. Als ich den Olivenhain verließ, wartete in der Ebene der Bildinspektor auf mich, er sagte, er habe mich kommen sehen. In seinen Augen funkelte etwas Neues, das ich jedoch aus meiner Erinnerung zu kennen glaubte. Er sprach nicht mehr von der Harfe, das Protokoll sei abgeschlossen, erwähnte er ganz nebenbei. Wir gingen gemeinsam zurück zum Hafen und setzten uns auf die erste freie Bank.

Die Möwen flogen, sich laut besprechend, über unsere Köpfe hinweg. Aber eine sah still zu uns herüber und hörte nicht auf, uns ins Visier zu nehmen. Schuhbändelverkäufer und Sesamröster gingen vorüber, kleine Kinder suchten mit ihren Fingern in ihren Ohren nach einem Schatz. Wir saßen schweigend auf der Bank, Schiffe waren in der Ferne zu sehen. Bunte Röcke boten die Marktfrauen unter den Palmen feil, der Handel mit Rosinen, Mehl und Mandeln florierte. Das Meer dämpfte alle Stimmen und Schritte. Schließlich sagte ich es selbst, die Lichtharfe war mein einziger Besitz und ich habe sie als Kind verloren.

Als sie verschwunden war, wir kamen gerade vom Baden zurück, an einem unserer sorglosen Nachmittage, habe ich es nicht einmal gleich bemerkt, daß sie fehlte. Erst am Abend hat Ada gefragt, wo meine Lichtharfe sei. Anstelle einer Antwort habe ich angefangen zu weinen. Ada hat gesagt, wir werden sie finden. Ich hörte auf, traurig zu sein, die Tränen kamen nicht mehr von allein. Wir gingen einfach los, machten einen Ausflug in die Nacht. Wir hatten uns vorgenommen, oben am Taubenposten Ausschau zu halten und so lange auszuharren, bis wir sie gefunden haben.

Wir dachten, selbst draußen, über dem Meer, müsse meine Lichtharfe in der Dunkelheit sichtbar sein. Aber die Erwachsenen haben sie mit ihren Rufen und Lampen vertrieben. Sie ist seit jenem Tag nicht mehr in meinem Leben ein brauchbares Wort gewesen, und du hast mir Angst gemacht, mit deinen wissenden Augen und den durchdachten Fragen.

Er sagte nichts, nahm mich nur in den Arm. Für einen kurzen Augenblick roch ich seine Haut und seine Hände wärmten meinen Hinterkopf. Jeder Finger hatte eine eigene Wärme. In meinem Nacken kam sein Atem langsam an, wie ein reisebereites Wort, und blieb dort, noch nach Stunden. Wir gingen vom Hafen zum Haus.

Ada hatte schon gepackt. Die Koffer standen im Flur. Er ging noch mit. Auf dem Schiff stand ich eine Weile an Deck. Ich sah ihm hinterher, sah auch aus der Ferne die Stelle in seiner Jacke, in der das Notizbuch steckte. Er ging einfach fort und drehte sich nicht um nach mir. Das hätte er getan, da bin ich mir sicher, wenn er noch immer der Bildinspektor gewesen wäre.

# Der Vorhof der Ewigkeit

Als Ava die Sonneninsel betrat, wurde das Embryo in ihrem Ohr geboren, das ganze rechte Ohr wurde in Beschlag genommen und sie diente von nun an als Adresse. Sie sagt, die Geburt habe stattgefunden, als sie auf die kleine Karmeliterkirche geschaut habe, da sei das Ohr in Anspruch genommen worden, mitten am Tage und unter der Obhut der flimmernden Helligkeit der Bäume. Es sei ihr gleich aufgefallen, weil sie immer bemerke, wenn ein Mitbewohner ihren Körper als Wohnung benutze.

Somnambul war Ava nicht und von Jenseitsmythen hatte sie nie etwas gehört. Sie wohnte lange Zeit in Siena und konnte wie keines der anderen Mädchen mit Wölfen sprechen, kam aus einer anderen Zeit, einer Art beständigem Sonntagmorgen und gab zu bedenken, daß die Tiere Sprecher der silbernen Schnüre sind. Nichts anderes also als Anrufbeantworter der Brustlaterne. Sie führte diese Laterne sichtbar mit sich, füllte sie auf mit einem mir unbekannten Leuchten, ich kann nicht genau sagen, ob sie dafür Öl oder überhaupt irgendwelche Flüssigkeiten benutzte. Aber die Laterne leuchtete und das habe ich gleich fraglos geliebt.

Man habe die Anrufbeantworter ihrem Urbild gemäß technisch nachempfunden, sagte sie, wie man immer nur alles erfinden könne, was es eigentlich schon gibt. Dafür benutzt man heute dieses Wort, Anrufbeantworter, in ihm lebt manchmal ein Impresario, weit und breit niemand, der ihn beim Namen kennt. Die Zeit ist vorbei, sagt Ava, in der die Impresarios das Sagen hatten. Aber trotzdem gibt es Menschen, die nicht merken, daß sie ihre Entscheidungen gar nicht allein treffen.

Ich hatte weder eine Ahnung, was ein Anrufbeantworter, noch, was ein Impresario ist. Aber Ava hat es mir erklärt, sie hat gesagt, ein Impresario versuche immer in die gespeicherten Nachrichten hineinzukommen, das sei seine Aufgabe und er werde ihr von nun an nicht mehr ohne weiteres und hinzu unbeobachtet nachkommen können. Ob ihr die Wölfe dabei geholfen haben, kann ich nicht so genau sagen. Wahrscheinlich eher nicht, denn auf der Sonneninsel hat es sie nie gegeben.

Bevor ich Ava traf, war ich ein einfacher Hirte, aber was ein Apparat ist, das wußte ich schon lange. Eine Brustlaterne hatte ich allerdings nie vorher zu Gesicht bekommen, ich hatte nur davon gehört, daß es so etwas gibt. Die Kinder aus meinem Dorf kannten sogar die Namen ihrer ganz persönlichen Laterne und mir schien, wie sie von ihr sprachen, sie hätte Ähnlichkeit mit den Umlaufbahnen ferner Planeten.

Wenn es mir aber damals ehrlich gesagt sehr unwahrscheinlich vorkam, daß es die Brustlaterne wirklich geben sollte, dachte ich doch im Stillen für mich, ich könnte zu voreilig mit meinem Urteil sein, denn mir fehlte es an etwas Grundlegendem, das die anderen von der ersten Stunde an besaßen.

Mich hat es gleich als Erwachsenen gegeben und meine Kindheit ist ein großes Rätsel. Ich wagte deshalb nicht, mir etwas über die Brustlaterne auszudenken. Zum einen durfte ich solche Wörter ohnehin nie benutzen, zum anderen hatte ich keine Übung in Spaziergängen durch meine Phantasie. Da alles Unnützliche, in einer Welt, in der die Arbeit alles war, einer Lüge glich, fühlte ich mich schuldig, den Kindern auch nur bloß zugehört zu haben.

Als ich zur Welt gekommen bin, habe ich Fotos gemacht. Sofort. Ohne eine eigene Erinnerung zu haben. Mich konnte man also gut als Archivar gebrauchen. Ein Apparat wurde mir in die Hand gedrückt und ich war zuständig, sofort war ich zuständig für etwas und durfte die Körper der Menschen fotografieren, damit sie später entweder alles leugnen oder sagen konnten, sie und ihre Taten, sie und ihre Zeit, sie und ein ihnen gleichender, unter ihrer Haut lebender anderer Mensch habe wirklich oder nur in ihrer ausgelagerten Vorstellung existiert.

Meine Fotos aber bewiesen, daß es all das gegeben hatte und daß die Phantasie nichts erfinden kann, was es nicht schon längst gibt. Obwohl ich selbst niemals abgelichtet wurde, ich war ja der Fotograf, es hätte mich schon ein anderer fotografieren müssen, war gerade das der Beweis meines Daseins. Jemand mußte die Fotos geschossen haben, sonst hätte es sie nicht gegeben. Und dieser Jemand war ich.

Gab es die Anderen in Ablichtungen, die ihre Erinnerung wiedergaben oder ihre Vergangenheit beweisbar machten, so besaß ich nur eine klaffende Lücke. Nichts fiel mir ein zu dieser Lücke. Aber daß es sie gab, das wußte ich. Die große Lücke war weder eine Erfindung noch eine Lüge. Niemals. Da ich ein Erwachsener war, konnte ich das autonom begreifen. Doch darüber schwieg ich, schwieg mich aus, die Dinge waren nun einmal, wie sie waren. Ich hatte ein hohes Alter, ich beherrschte sogleich alles Technische, verfügte umgehend über brauchbare Kenntnisse mehrerer europäischer Sprachen, hatte gute Augen und war stolz, in meinem Alter nicht wie die anderen eine Brille zu brauchen.

Dabei verstand ich immer als erster die logischen Zusammenhänge. Eine Ausbildung mußte ich also nie machen. Sogleich übergab man mir Verantwortung, weil ich schon alles konnte und Ideen hatte, ja, so drückte man sich aus. Da mein graues Haar und meine reife männliche Ausstrahlung die anderen zu der Annahme verleiteten, ich sei für dies und das robust genug, schoben sie mir immer mehr an Neuem zu. Ohne es zu bemerken, war ich bald für alles mögliche verantwortlich.

Eine Gelegenheit, etwas anderes als burschikos zu sein, habe ich nie erhalten. Das mir Anvertraute machte ich auch gut. Pflichtgemäß führte ich alles aus. Jeder war zufrieden mit mir. Ich sprach nicht. Das legte man mir als guten Willen aus. Meine herausragende Reife verleitete aber die Leute dazu, in meinen Augen ganze Städte aus Alabaster und sogar flimmernde Fabelblumen zu sehen, was ich nie verstanden habe, denn so viel in meinen einfachen grünen Augen zu sehen kam mir ein wenig übertrieben vor.

Vielleicht, weil ich gar nicht wußte, daß es die Schönheit auch für mich, daß es sie in mir selbst gab. Ich hatte sie immer nur als das Geburtsrecht der anderen angesehen. Obwohl mich also alle nur als tüchtigen Ausführenden fremder Gedanken kannten, halfen mir meine Augen trotzdem und suchten ohne mein Zutun nach Glück.

Natürlich leuchtete es deshalb in meiner Iris, ich liebte die Farben und anders konnte es gar nicht sein, daß auch in mir, dem arbeitenden Wesen, die Farben zur Entfaltung kamen.

Das war alles noch in der Zeit, als es für mich die Vergangenheit nicht gab. Ich war, das stimmt, recht besehen nie unzufrieden, ich wußte gar nicht, daß es so etwas gibt, Unzufriedenheit. Das hat mir niemand gesagt und ohnehin war mein Tag ausgefüllt, ich hatte Termine, keine Zeit für Nebensächlichkeiten, und ich bin mehr als froh, daß mir nie etwas weh getan hat, sonst hätte ich all die von mir geforderten Dinge nicht bewältigen und am Ende sogar an einer Krankheit sterben können.

In der Nachbarschaft haben die Kinder Zähne bekommen, man schenkte ihnen wieder und wieder neue Kleider, Schulbücher und Mützen für die Ohren. All das betrachtete ich wunschlos. Als in einem Spätherbst eines unserer Schafe geschlachtet wurde, ist die Tochter meiner Cousine Nadja in Ohnmacht gefallen. Die ganze Zeit über, als man versucht hat, sie wieder ins Bewußtsein zu rufen, habe ich mir die Frage gestellt, wie es möglich ist, in Ohnmacht zu fallen, und wünschte mir zum ersten Mal etwas für mich selbst und das war, endlich einmal kraftlos zu sein und die Kontrolle über mich zu verlieren, um unter der Obhut der sterbenden Tiere auch einmal so etwas Ungewöhnliches wie Ohnmacht zu erleben.

Meine Schuhe kaufte man mir ganz regulär und ich brauchte mich nicht um Brot zu kümmern, das gab man mir. Ich merkte sehr wohl, daß für mein Schuhwerk und für das Brot, das man mir gab, sehr viel getan werden mußte. Dankbar war ich, aber je bedürftiger ich wurde und je mehr es auch mich nach bunteren Kleidern, einem frischgebügelten Hemd und später auch mal nach einer Krawatte verlangte, um so mehr stieß ich auf Unverständnis meiner Umwelt. Er will alles und nur für sich allein, hieß es dann, und ich fragte mich immer öfter, was nur dieses alles sei, das ich langsam, aber sicher als begrenzt erlebte.

Ich weiß, ich tat damit den Menschen weh, die so gut für mich gesorgt hatten, weil ich plötzlich und für mich selbst aus unerklärlichen Gründen zum wiederholten Male mehr als alles wollte. In mir entstand die Vorstellung, es könnte doch interessant sein, etwas anderes als das Leben eines bloßen Erwachsenen zu führen und eine Brustlaterne zu besitzen, mit der ganzen Tiefe des Sommers und der Vollmundigkeit des leuchtenden August darin.

Ich weiß, was Ava meint, wenn sie von den silbernen Schnüren spricht, ich habe diese Schnüre gesehen, als das Schaf geschlachtet wurde und ich die Ohnmacht herbeigesehnt habe, ich weiß es aber vor allem aus meiner eigenen Geschichte.

Selbst die sterbenden Tiere, und sie waren die einzigen, sahen meine Kindheit, mein Kindsein und keinen einzigen Impresario ließen sie an mich heran, beschützten mich mit ihren Augen. Bei den Tieren durfte ich klein sein, mußte nicht gleich arbeiten und vorausschauend denken, um von ihnen gesehen zu werden. Wie ich später selbst meine Männlichkeit und die ganzen dazugehörigen Attribute des Körpers mit meinem Wissen um die silbernen Schnüre und die treue Gefolgschaft der Tiere miteinander in Einklang gebracht habe, weiß ich nicht mehr genau. Manches habe ich wegen der vielen Geschehnisse vergessen, offenbar konnte ich das gut, schließlich hatte ich mein Leben lang nichts anderes getan und auch das Vergessen zu einer meiner wichtigsten Arbeiten gemacht.

Aber Ava hat mir geholfen, meinen Glauben an eine noch immer mögliche Kindheit nicht aufzugeben. Obzwar niemand mit mir meine Erfahrung teilte, gleich erwachsen auf die Welt gekommen zu sein, erhielt mich mein Glaube am Leben. Ava wußte, daß ich nicht lüge und daß die Tiere meine Wahrheit lange vor mir selbst gesehen hatten und diese Wahrheit behüteten, bis ich selbst sprechen konnte.

Als erstes ließ ich den Fotoapparat aus meinen Händen fallen, denn auch als Hirte hatte ich die verpflichtende Arbeit des Erwachsenen fortgesetzt, hatte die erwünschten Beweisaufnahmen gemacht und war dabei ein gebückter Greis geworden. Ich zitterte nicht, das hatte ich nie getan. Meine Kraft war noch sehr vorhanden, aber doch mußte ich ab und an weinen, denn in der Nähe meines Hauses wuchsen die Kinder ganz normal heran, und je älter ich wurde, desto mehr wünschte ich mir, wie sie zu sein und ihnen in allem zu gleichen.

Als mein Vater starb, fing ich ernsthaft an, eine Wendung für möglich zu halten. Ich sprach mit niemanden darüber, aber insgeheim stellte ich mir mein Leben rückwärts laufend vor und dachte mir aus, wie es wäre, zurückgehen zu können, zu jenem Tag vorzustoßen, an dem ich zu einem Erwachsenen gemacht worden war, an einem solchen Tag zu erwachen, ohne eine Verpflichtung zu haben und mit der entschieden gestellten Frage, wer diesen Zustand in mir herbeigeführt hatte, denn ich selbst bin es weder vor noch nach meiner Geburt gewesen.

Fester und fester und als hätte ich über die Wirklichkeit der Brustlaterne doch sehr genau Bescheid gewußt, begann ich an eine mögliche rückwärtige Biographie zu glauben, an mein Recht auf Unschuld, auf Unbekümmertheit, auf in der Sonne glitzernde Haare, auf Zärtlichkeit und sanfte Stunden. Ich sah mich in meiner Möglichkeit als Kind, als über die Wiesen springenden Jungen, der ohne Scheu die Menschen anschauen konnte, ohne in den kalten Wintern zu frieren und die eigenen Zehen durch den harten Frost zu verlieren, ohne die ständige Angst, dabei eine Arbeit, etwas Wichtiges und zum Erledigen Bereitliegendes zu vergessen, womit ich meine Undankbarkeit gegenüber dem Geschick gezeigt und damit wieder einmal durch eigenes Verschulden meine Bösartigkeit bewiesen hätte.

Zunächst habe ich auch versucht, für mein Erwachsenenleben dankbar zu sein, aber die freien Kinder erinnerten mich daran, daß es einen anderen Verlauf gab, eine andere Art dankbar zu sein und das hing auf eine mir noch unbekannte Weise mit der Laterne zusammen. So groß nun mein Wünschen war, so fühlte ich mich doch nur in der Arbeit zu etwas nutze. Etwas anderes kannte ich nicht. Eine neue Frage wurde in mir geboren. Ich ließ sie nicht mehr gehen, was, fragte ich mich, was habe ich sonst noch außer meinem Leben?

Anfangs haben Ava und ich viel geweint. Niemand verstand uns. Keiner konnte nachvollziehen, daß der Tod uns gar nichts bedeutete und wir ihn überhaupt nicht scheuten, geradewegs nein. Nicht wie all die anderen. Wir waren bereit, von Brücken zu springen und die Hintertüren des Lebens ganz zu versperren. Ein Hund rettete mich einmal und die Katzen kamen in großer Zahl in mein Leben, so daß ich das Müdesein aufgab. Meine Frage und das Bild der leuchtenden Laterne wollte ich einfach nicht mehr vergessen.

Der Glaube an mein Gedächtnis führte mich zurück zu den Wörtern. Ich lernte, daß Dinge nicht nur Dinge sind und Wörter nicht nur Wörter. Ich lernte es von den Katzen, ganz viel lernte ich von ihnen, wie man still ist, ohne zu verschwinden, wie man da ist, ohne zu denken. Ihr Schnurren verband mich mit dem Zaubergarn der Träume. Meine Zähne leisteten Widerstand. Ich malmte mit ihnen die Bilder entzwei, ein schweres Bild nach dem anderen trug ich von dort nach hier. Gewichte, ganz neue, trug ich in mir, die Bilder hatten Wackersteine im Bauch und manchmal rauchte es aus ihnen, als heize dort jemand die Luft mit meiner Vergangenheit auf.

Als Ava auf die Insel kam, hütete ich gerade die Schafe am Ufer und sah gleich das Embryo in ihrem Ohr. So viele Jahre hatte ich Ausschau nach diesem Beweis gehalten. Woher kannte ich das Bild? Ich hätte das nie genau beantworten können. Obwohl es mich an etwas erinnerte, das ich im Grunde nie vorher gesehen hatte, war ich zum ersten Mal für etwas dankbar und mein Dank entsprang keiner Pflicht.

Etwas Neues hielt Einzug in mir, innere Spielstunden, inneres Wissen. Die Brustlaterne fing an mich zu unterrichten, eine Lilith, ein Adam und viele andere Menschen wohnten in ihr. Ich überlegte, was das alles bedeuten könnte und bereitete mich vor, weitere Fragen zu stellen. Es tat mir gut, der Wirklichkeit ein Bein zu stellen, und ich war glücklich, unbekannte Wörter zu hören und den Luftsaum zwischen den Buchstaben mit meiner eigenen Zunge zu ergründen.

Heimlich übte ich das Fragen, meistens nachts, denn ich hatte Angst, daß man mich für dumm erklären könnte, wenn ich etwas nicht wußte. Die Scham brach aus mir heraus wie nasser Schweiß, ertränkte mich fast, aber Ava kümmerte sich nicht um diesen alten Gestank in mir. Sie sagte, das sei ein Embryo, es wachse ganz normal heran und benutze ihr Ohr und ihren Körper als Adresse, werde aber bald jemand sein, der sich selbst kennenlernen kann, jemand, auf den ein unbegrenzter, ein fortwährender Anfang warte. Irgendwie wußte ich in diesem Augenblick, daß die Zeit nur eine begehbare Wiese ist und ich endlich die Gelegenheit hatte, in den Tag hinein zu leben, ohne den Gesetzen von Vergangenheit und Zukunft anheimzufallen. Der Anfang und das Glück, sagte ich schon bald darauf zu mir selbst, sind verwandter als alle mir bekannten Dinge und Menschen.

Mir war schwindelig. Die Angst wollte mich glauben lassen, die Wiese wachse nur für die anderen und doch konnte ich mich mit den anderen nicht mehr herausreden. Ich konnte sprechen. Wenn man sprechen kann, weiß man, wie Wiesen aussehen und wie Grashalme im Wind tanzen und wie man sich selbst fühlt, wenn man im Wind steht und über Wiesen geht. Ich konnte also bereits Dinge beschreiben und lernte, das Gesehene zu sagen, mit Wörtern und Wörterschnüren, in Bildern und Bildertüren.

In der Sennhütte, nach diesen atemstehlenden Ereignissen, wandte Ava ihr ganzes Wissen an, warum auch nicht, sie hatte die Wahl, zu verdursten oder reines Wasser, gutes Wasser zu trinken.

Ich war zunächst ihr Zeuge, das war die Rolle, die ich am besten spielen konnte, und wie üblich übernahm ich sie wieder, ohne darüber nachzudenken. Ava verstand mich. Sie verbot mir nicht wie die anderen, das Wissen mit ihr zu teilen. Ich sprach und beim Reden bemerkte ich, daß die Vergangenheit von allein, langsam und stetig in meine Sprache einkehrte und damit nicht nur meine Gegenwart veränderte, sondern auch eine neue Zukunft denkbar wurde.

Die Laterne aber sagte, nimm dich in acht, andere wollen ihre Vergangenheit loswerden und sie werden es dir nicht leichtmachen, deine zu finden. Ich aber hatte noch nichts, was ich abschaffen konnte, und ahnte, daß für menschliche Biographien sogar die Zeit erfunden wurde. Die Brustlaternen hatte man deshalb gelöscht. Das weiß ich heute, aber damals hatte ich nicht einmal eine Ahnung, daß sie gerade aus diesem Grund wieder dringend gefunden werden mußten. Wie hätte ich es besser wissen können! Ich war damals noch erwachsen.

Die Kinder redeten immer davon und sie sagten, es sei möglich, einfach ein Streichholz zu nehmen und wie an Sankt Martin die Laternen wieder anzuzünden. Woher sie Streichhölzer von dieser Machart hatten, das sagten sie mir nicht. Meine Fähigkeit, Fragen zu stellen, war noch nicht gut genug entwickelt und deshalb fiel mir keine kluge Frage ein, um ihren Zündhölzern auf die Spur zu kommen.

Ava hatte nie daran gedacht, auf ihre Geburtsinsel zurückzukehren oder gar Viehzüchterin wie ihre Großeltern zu werden. Es ist mein Glück, daß sie doch gekommen ist, und später, als alles offenbart und auch das Begräbnis ihrer Eltern vorbei war, soll Ava gesagt haben, sie sei glücklich wie die Elstern. So etwas kann niemand widerlegen. Denn niemand war vor Ava so glücklich wie die Elstern. Ich selbst bin immer bereit, Ava ins Innere der Bilder zu folgen. Wer kann schon von sich sagen, die Sprache der Elstern zu verstehen, und warum sollte man nicht einmal im Leben auch diesen Vögeln gefolgt sein, die immer zu zweit fliegen, die das Glitzern lieben und bereit sind, einander selbst im Flug zu behüten.

Ava sah das Embryo bei ihrer Ankunft in der Hütte. Im Spiegel sah sie es, sah genau, wie es wuchs, und horchte, wie es sich ernährte, von der Luft und von ihren Gedanken. Sah sie weg, schien das Embryo sich selbst ein bißchen zu versäumen. Es brauchte Avas Blick, in dem es wohnen durfte. Ihre Augen waren wie ein Wandschirm für das Embryo, ein mit Lebensstoff bespannter Rahmen, der ihm helfen sollte, bald auf eigenen Beinen zu stehen. Aber so lange noch wurde der Wandschirm von ihm gebraucht. Und dann wuchs es rege weiter, im Ohr seiner Besitzerin, horchte manchmal so weit in die Ferne hinaus, daß unsere Brustlaternen sich über dem Tal trafen, ohne unsere Köpfe zu fragen, fast ein bißchen wie die Elstern, die uns vorausflogen und die Gedächtnisse der Menschen im Mehlstaub des Lebens siebten. Wir sahen unsere Laternen leuchten und das Licht gefiel uns und wir dachten, daß es endlich richtig Sommer ist, und dann umarmten wir einander und dann fingen wir auch schon an, einander zu küssen.

Die Sennhütte lag verlassen auf der Anhöhe, der übliche irdische Sommer hatte sich wetterfeste Schuhe angezogen und ging nun auf der Sonneninsel umher. Die Libellen flogen um uns herum, ihre grünen, blauen, gelben Flügel brachen das Licht entzwei. Im Lavendel funkelte es, ein Schimmern wie aus Kränzen. Das Blau des Himmels hielt nirgendwo an, nirgendwo war ein weißer kleiner Wolkensaum, nur die Farbe selbst in ihrer versilberten Unendlichkeit beschirmte mich und mein sagbar werdendes Gedächtnis.

Ich war zum ersten Mal ein Mensch, der ahnen konnte, was Glück war und wie still man war, wenn das Glück da war, wenn es gekommen war gleich einem langersehnten Sommertag. Die Kühe und Kälbchen, Esel und Pferde schienen Ava und mich zu erkennen, an ihrem Gang vor allem und an der Art, wie sie auf die Tiere zuatmete, als erreiche sie durch ihr schnelleres, zugleich aber sehr behutsames Gehen einen ihr noch unbekannten kleinen Berg, eine Behausung, mit einem Menschen, in dem ein großformatiges Herz pochte und der vergessen hatte, Teil der Menschenwelt zu sein. Oder sich versteckt hatte, um nicht reden zu müssen, um nicht etwas sagen zu müssen, mit eigenen Worten.

In der Hütte hatten Avas Großeltern noch bis vor drei Jahren gelebt. Ich kannte sie gut. Oft half ich ihnen bei der Käsezubereitung und ging auf dem Hof zur Hand, wenn ich Zeit übrig hatte. Denn müde war ich früher nie.

Sobald der Zeitpunkt gekommen war, die Jungtiere zu verkaufen, gingen die beiden alten Menschen zum Markt hinunter oder fuhren bei besonderen Gelegenheiten mit der Fähre nach Split. Jahrzehnte bestimmte dieses einfache Unterwegssein ihr Leben. Dann träumten sie den Verbotstraum. Richtiger wäre zu sagen, sie sind von diesem Verbotstraum geträumt worden. Aber ich möchte zuerst erzählen, wie der Traum zu wirken begann, wie er sich selbsttätig auch mit Avas und meiner Zukunft vermischte, einfach alle Regeln durcheinanderbrachte und dann bloße Wirklichkeit für uns alle wurde.

Der Traum kam einfach, nicht auf einem Pferd, nicht in einem Buch und kein Ritter brachte ihn eitel. Die Großmutter sagte, ein Wind habe ihr die Iris gestreift, nach dem Traum, und dann blieb die Iris in Bewegung, draußen, auf dem Meer, erschien ein Regenbogen. Im Garten, unter der großen Linde, bissen sich zwei Schlangen ineinander fest. Die Großmutter nahm einen Stab und wollte sie auseinanderscheuchen. Aber die beiden ließen sich nicht beirren, verbissen sich noch fester ineinander und niemand kann sagen, wann und wie sie sich voneinander gelöst haben. Tagelang schienen sie nichts anderes zu tun, als einander in Zeitlupe zu ermorden. Dann waren sie in einem unbeobachteten Moment plötzlich verschwunden und hatten sogar ihre Haut mitgenommen.

Der Traum also kam in Ringwellen durch ihre nächtlichen Bilder geritten, sprang in sie hinein wie ein Einhorn, das auf der Suche nach dem reinen, guten Wasser ist. Die Inselmenschen schliefen schlecht. Als das Einhorn von dem Wasser trank, kamen auch die anderen Tiere. Jetzt tranken alle, das Wasser war nicht vergiftet. Danach versuchten Avas Großeltern wieder, ihre Tiere auf dem Markt feilzubieten. Jedesmal kamen sie unverrichteter Dinge und ohne Geld zurück, zogen die Tiere nach langwierigen Verhandlungen doch wieder an sich und schenkten sie dann dem ersten jungen Mann, der ihnen über den Weg lief. Eine Bedingung aber gab es, dieser mußte versprechen, die Tiere gut zu behandeln.

Mir selbst ist nie ein solches Tier geschenkt worden, ich hatte nie viel Zeit, herumzugehen, und selbst wenn es einer getan hätte, wäre ich mir nicht sicher, ob ich es überhaupt wahrgenommen und das Tier nicht irgendwo im Wind abgestellt hätte.

Mit der Schenkung der Tiere wurde der Verbotstraum übergeben. Die Beschenkten waren so wenig wie die Träumenden vorgewarnt worden. Langsam begriff auch ich, daß das Einhorn die Regie übernommen hatte, und ich war überraschenderweise als sein Traumhüter ausgewählt worden, ohne es anfangs überhaupt zu bemerken. Die Weisung des Einhorns schlugen die Menschen nicht aus. Sie hatten es das Wasser trinken lassen, jetzt wurden sie selbst getrunken. Und auch mich hat das gleiche Schicksal an die Hand genommen.

Ob die jungen Männer wollten oder nicht, der Traum zwang auch sie dazu, ihr Wort zu halten. Sie gingen aber dennoch umher, versuchten einen Preis für die Tiere zu erwirken, verspürten ein Stechen im Herzen als Antwort darauf und zogen schnell vom Platz in eine der Seitenstraßen, fanden ein armes Bauerngesicht in der Menge und steuerten auf es zu, wissend, daß es das Geschenk als göttliche Fügung und Lösung all ihrer Probleme sehen wird, und übergaben ihm das Tier. Jetzt atmeten sie leichter.

Der nächtliche Unterricht begann auch für sie. Die Laternen wurden gefüllt. Das Stechen in der Herzgegend ließ nach. Die Erinnerung an die Tiere aber blieb bis an ihr Lebensende. War das Einhorn gekommen, öffnete sich der Eingang zur Laterne. Der Körper konnte zeigen, daß er über ein unbestechliches Gedächtnis verfügte. Die Augen der Tiere waren seine Brücke, sie konnten nicht lügen, keinen Schmerz verbergen, und wenn sie mich angesehen haben, früher, dann war mir immer warm danach gewesen. Manchmal bekam ich eine Gänsehaut, weil ich sehr oft ein seltsames Licht sah, ein Licht, das ich nie vergessen konnte. Mich selbst aber vergaß ich, die Blumen, die Geschwister, die Verwandten, die Augen der Tiere nie. Der Vorhof der Ewigkeit wohnt in den Augen der Tiere und erst als Traumhüter begriff ich, warum.

Avas Großvater war nach dem Traum zur Quelle hinter der Sennhütte gegangen. An der Stelle klaren Wassers glaubte er für Momente das rote Schimmern von Blut zu sehen. Er sah in die Höhe, die Wolken gingen wie singend dahin, das Blau tönte sich ein, selbsttätig geworden wie ein unaufhaltsamer Malerpinsel. Er schwieg, sah zum Himmel und schwieg wieder sehr lange. Danach sah das Wasser aus wie immer.

Er setzte sich an den Brunnenrand. Ratlos saß er dort eine Weile lang. Als er wieder ins Haus ging, sagte er, Tiere könne der Mensch nicht besitzen. Woher er das nehme, fragte ihn seine Frau und wußte doch selbst, daß es stimmte. Niemand hat das Recht, den Atem eines anderen Wesens abzuschneiden. Selbst wenn unsere Scheren und Messer noch so sehr nach üblichem Handwerkszeug aussehen, sie sind doch immer noch Scheren und Messer. Sie dachte an den aus dem Exil zurückgekehrten Mann. Vor Jahren, in der Stadt, war ein Mord an einem der zurückgekehrten Auswanderer geschehen. Ein Schriftsteller schrieb ein Buch über diesen Fall. Jeder auf der Insel hat es gelesen, auch ich, heimlich, das habe ich geschafft, ohne mich erwischen zu lassen. Als das Fragen und Wünschen in mir einsetzte, fand ich Zeit zum Lesen und dies war mein erstes Geheimnis. Mein Bündnis mit der Zeit vor der Zeit. Mein Aufgehobensein in Buchstaben.

Sogar der Priester redete einmal am Sonntag nicht über Politik und machte sich die Worte des Schriftstellers zu eigen. Von der Kanzel aus tat er das, von der er die Wochen davor immer über das Johannes-Evangelium als dem Werk eines Autors gesprochen hatte. Johannes sei nach Jesaja der zweite Schriftsteller, der sich in der Heiligen Schrift als schreibender Mensch ausprobiert habe. Woher er das hatte und ob er das eigentlich als Kirchenmann sagen durfte, war allen gleichgültig gewesen.

Das Lebendige kann der Mensch nicht besitzen, so sagte er es, leise sagte er es, leiser als alles, was ich bis dahin aus seinem Mund gehört hatte. Wäre ich schon wach gewesen, hätte ich begreifen und es auch auf mich selbst anwenden können, schließlich war ich zu diesem Zeitpunkt bereits ein Leser.

Aber selbst wenn ich diesem Menschen mit meinem inneren Ohr zugehört hätte, kann es sein, daß meine Ohren mich im Stich gelassen hätten, obwohl ich das Buch gelesen hatte und schon alles wußte. Ich konnte nichts dafür, ich war erzogen worden, meine Sehnsucht kannte keinerlei Eifer. Auf der Insel wiederholten die Leute seinen Satz von der Unbesitzbarkeit des Lebendigen über Wochen hinweg. Jedesmal, wenn ich den Satz hörte, wurde ich traurig und fragte mich, ob mir meine Lunge denn wirklich gehöre oder nicht ein anderer längst über sie verfügte.

Mit dem Verbotstraum kehrten aber auch andere Träume in die Wirklichkeit der Menschen ein. Was genau diese Leute erfuhren und ob höhere Personen mit ihnen sprachen, darauf soll es nach meinem Wissen nie angekommen sein. Wie viele Menschen vom Verbotstraum erfaßt worden waren, das wissen wir nicht, aber irgendwann mußten alle auf der Insel wenigstens von dem Traum gehört haben.

Den Traumempfängern erschien es natürlich, auf diese Art zu träumen, keine Tauben, kein Aschenbrödel kreuzten ihren Weg und doch erkannten sich alle, die den gleichen Traum in sich trugen. Sie sahen sich an, im Vorübergehen, auf dem Fahrrad, im Museum, direkt in die Augen sahen sie sich und schwiegen.

Anfangs dachte ich, es sei der senfgelbe Flaum über ihren Wangen, an dem sie sich erkannten, aber das allein ist es nicht gewesen. Unter der Mittagssonne, wenn die Wolken dahinstieben, ohne je anzuhalten, war es am besten zu sehen, das Gesicht unter dem Gesicht. An den Sommerabenden bei Vollmond trafen sich die vom Traum berührten Insulaner mehr oder weniger alle vor dem Wald. Sie gingen, vom Sog der eigenen Schritte getragen, wie die mittagsgetriebenen Wolken in Richtung des Platzes, sagten nichts, sahen zum Himmel und rochen an den Salbeisträuchern wie an einem Wunder, saßen an den Bordsteinen, umringten den Platz, still, mit leichtem Schuhwerk.

Ihre Körper hatten sie zu Hause gelassen, dort lagen sie träumend in ihren Betten. Hier aber gingen sie umher und erlebten ihre nächtlichen Bildkanäle Schritt für Schritt. Einer von ihnen ging als erster in die Mitte, setzte sich hin, holte etwas wie ein weißes Tuch aus der Tasche, etwas mit der Erinnerung Verwandtes, und die anderen schauten weg. Diese Träumenden standen beieinander, sprachen nicht, wunderten sich nicht, und sie kannten sich, irgendwie, obwohl sie hier oft zum ersten Mal aufeinandertrafen. Das wiederholte sich häufig, bis in den späten Herbst hinein. Die Knie sah man nicht mehr, die Waden waren bedeckt, Winde kamen, fremde Schiffe aber blieben aus. Doch ich ahnte das Heraufwehen meiner Stunde.

Meine Fähigkeit zu lesen etablierte sich.

Viele waren sich nun von den nächtlichen Treffen bekannt. Es gab eine stille Übereinkunft zwischen ihnen, ein Wissen, das jeden von außen Dazukommenden verschreckt hätte. Aber es kam niemand dort zufällig hin. Die Selbstverständlichkeit, mit der sie ihre Träume anerkannten, verband sie. Keiner von denen, die sich dort trafen, hätte erklären können, was er da eigentlich erlebte. Aber er erlebte es, schwieg, ging mit seinem Schweigen nach Hause, stellte es nicht vor der Eingangstür ab, nahm es mit, in die Küche, in die Schlafräume, in die Nacht seines erwachsenen Lebens und vor allem in den Keller, denn dort glühten selten gute Birnen.

Von hier aus kam ihnen ihr anderes Leben wie ein Widerspruch zu ihrer Wirklichkeit vor. Dieses aber blieb ungesagt und wirkte sich in ihnen fort, viele der Teilnehmer hatten sich in den darauffolgenden Jahren nicht mehr gesehen.

Der senfgelbe Flaum lag als Zeichnung auf ihren Gesichtern. Diese Zeichnung beruhigte mich. Ohne zu wissen, was sie bedeutete, verband ich sie für mich mit der Brustlaterne, dieses Mal mit meiner ureigenen. Es war, als verrate der Flaum mir schon den Anfang ihres wahren Namens. Viele verschiedene Träumende fanden sich hier ein. Einer von uns sagte, es war, glaube ich, ein Bauer, jemand träume ihn, seine Hände, seine Augen, seine Tomaten, seine Felder, träume all dies sehr präzise. Als sei die Welt der Dinge und Farben immer zuerst in den Träumen da und erscheine dann hier wie aus einem Guß als Wirklichkeit, die ihre Wurzeln gut verbergen kann.

Ich übernahm das Protokoll. Anfangs bemerkte ich es noch nicht einmal, daß ich dieses Protokoll führte. Aber ich tat es, so, wie die anderen zum Platz gekommen waren und ihre Körper in ihren Zimmern gelassen hatten, so schrieb ich alles auf, die Zeiten, die Winde, die Sonnenuntergänge beschrieb ich besonders genau.

Eine Beflissenheit war in mir, als ginge es um mein Leben, als würden diese Protokolle, wären sie von mir nicht aufgeschrieben worden, gegen mich sprechen. Aber so weit will ich gar nicht gehen. Schließlich bin ich noch und in Wahrheit zum ersten Mal am Leben.

Ich hatte es rasch erfaßt. Ein anderer hätte die Arbeit an meiner Stelle gemacht, diese Aufgabe, die nicht aufschiebbar war, hätte gut von einem anderen gemacht werden können. Aber dieser Andere war immer noch ich selbst. Hätte ich nicht zum Stift gegriffen, wäre die Möglichkeit meiner Kindheit ein für allemal in die Ferne gerückt und ich hätte sicher nie wieder eine neue Gelegenheit erhalten, in ihr anzukommen und ein normaler Bewohner meiner selbst zu werden.

Der Planet Kindheit lehrte mich vieles. Ich fing an, längere Selbstgespräche zu führen. Wenn ich das Gedächtnis von Leonardo da Vinci erbe, und das dürfte ab einem bestimmten Punkt auch nur ein Kinderspiel sein, dachte ich, dann würde ich *er* werden und er *ich*, die Buchstaben könnten innerhalb der Zeit Straßen für die Kinder sein, die Erfinder der Vergangenheit, meine Verwandten aus der stirnentblößten Herkunft, aus der sterngesäumten Regierung der Brustlaterne. Dort, hinter dem Hinter des Dort gibt es keine Waffen. Die Leute, wenn sie dort Leute sind, haben es nicht mehr nötig, den Verbotstraum zu träumen. Das Verbotene gab es dort nicht, man führte weder Menschen noch Tiere auf der Speisekarte und machte auch sonst keine Geschäfte mit ihnen.

Ich wachte in einem neuen Leben auf. Der Sommer malte die Stille der Wolken. Die Fenster des im Tal gelegenen Patrizierhauses waren klar und weit der Blick und die Leiber der Luft. In der Nacht hatte das Haus geröchelt und unter der Erinnerung der ausgefegten Träume gewußt, daß es mehr ist als ein Gebäude. Ein Gedanke kam mir zum ersten Mal, die Republik der Biene müsse es auf der Erde auch für die Menschen geben.

Diese Republik sah ich verwirklicht, als ich auf Ava traf und ihr von den Bunkern meiner Erinnerung erzählen, als ich ihr anvertrauen konnte, daß ich sie schon geträumt hatte, daß sie zur rechten Zeit auf der Insel aufgetaucht war.

Ava, die Bienenkönigin, freute sich und für mich war sie mehr als der Prinz für Aschenbrödel, als er sie aus der Sklaverei erlöste. Die Wahrheit hinter der Wahrheit ist eine ganz andere Wahrheit. Auf diese Wahrheit haben die Tiere einen großen Einfluß.

Ohne die Tiere hätte niemand auf der Insel begriffen, daß der Sommer aus unsichtbaren Fäden gemacht ist und daß die Menschen ohne diese Fäden nicht leben können. Ohne sie wäre ich nie in den Besitz von Leonardo da Vincis Gedächtnis gekommen und hätte nie entdeckt, wie sehr mein Leben von der Verfügbarkeit meiner Kindheit abhing.

Die Tiere schienen ihre eigenen Rollen zu kennen, sie kamen, litten, wurden geräuchert und gedrechselt, lagen in Supermärkten als Kadaver herum und liebten die Menschen. Die Krone der Schöpfung vergaß unterdessen das Leben und verstieg sich auf den Verstand. Alles wurde mit der Logik begründet, sie ermögliche dies, sie verhelfe zu jenem, hieß es dann, in den verlegenen Reden der vergänglichen

Zweibeiner. Die Republik der Biene hatten alle vergessen. Aber Ava fing erst an zu leben.

Ava dachte es sich aus, das Hinausgetragensein in das Leben eines anderen Menschen. Wie es wohl wäre, wenn alle Menschen, die uns je berührt haben, am Ende das Mosaik unserer eigenen Biographien in ein Ganzes fügen würden, wenn wir durch sie endlich erführen, wie es um uns und um das Jenseits, um das Gestern und den Tod beschaffen ist, wie es die ganze Zeit um uns stand und was sich alles änderte, als wir unsere Laternen fanden und schön und leuchtend waren wie sie.

Als wir zu Mittag essen wollten, klopfte Avas Tante ans Fenster. Ein Brief ist für dich abgegeben worden, sagte sie. Ava sprang vom Bett auf und sah zuerst die Briefmarke an, ein Tier, ähnlich einem Ren, war darauf zu sehen, aus der Tundra, mit scharrenden Hufen, Eisblumen im Geweih. Sie öffnete den Umschlag. Die Botschaft hielt sich offenbar ganz in der Helligkeit des Papiers versteckt, denn Buchstaben, Worte oder Sätze waren auf keiner der Seiten zu sehen. Ava hielt den Bogen gegen das Licht. Wer hatte Ava angeschrieben? Ihr Name stand auf dem Umschlag, war deutlich zu sehen. Jemand also, der sie kannte, und ich war dafür der erste Zeuge.

Wochen später sah Ava, daß die Buchstaben im Brief einkehrten, sich auf dem Papier mit immer größerer Nachdrücklichkeit einfanden wie Menschen in einem Haus. Die Buchstaben reihten sich zu Worten und mündeten allmählich in langen Sätzen. Von unsichtbarer Hand geleitet, trafen sie aufeinander, ähnlich jenen allabendlich Zusammengekommenen auf dem Platz vor dem Wald, deren Protokolle ich geführt hatte, einst, als in der sichtbaren Welt meine Kindheit für mich noch ein Fremdwort war.

Langsam wuchs auf dem leeren Papier ein ansehnlicher Brief heran. Ava spürte, der Brief durfte niemandem sonst gezeigt werden, niemand sollte die Ankunft der Buchstaben sehen. Mir aber war das Dabeisein erlaubt. Wenn auch der Anlaß für mich noch nicht durchschaubar war, nahm ich doch an, es müsse mit den Protokollen zu tun haben. Sie ergaben jetzt eine Art Zwischenbericht für Ava, die zu einer Mittlerin gemacht wurde. In dem Brief war alles genau nachlesbar, war sogar überprüfbar, mit richtigen Türen in den Sätzen, in die Ava schließlich eines Abends hineinging.

Sie tat das auf die gleiche Weise, auf die einst die Träumenden zum Wald gekommen waren, und hier traf sie auf mich. Unsere Verwandtschaft war nun erwiesen. Im Briefinneren lagen Wälder, aus Pinien und Zypressen und vielleicht sogar aus Feigenbäumen.

Ava entdeckte, daß dort, in diesem von Bäumen beschützten Briefland, das Gehen geübt worden war, bevor der Mensch sich seiner planetarischen Laufbahn hingegeben und die Kontinente mit Hilfe der Elemente urbar gemacht hatte.

Obwohl ich sie nie begleitete, wußte ich genau, was sie gerade tat. Mir war, als ginge ich dort mit ihr. Als riefe ich die gleichen Wörter aus wie sie und sehe alles mit ihren Augen. Pupille an Pupille und mein Reisekoffer endlich frei vom alten Plunder.

Auf dem Hügel, hinter dem Wald, lag unter der Obhut zweier Linden eine kleine Gesellschaft in der Sonne. Vier Menschen, zwei große, zwei kleine, und sie schauten einer nach dem anderen auf die Uhr. Als es elf Uhr elf war, drehten sich alle vier um und sahen Ava auf sich zukommen. Sie hatten sie erwartet.

Ava erkannte sie nicht gleich, sie dachte sogar, sie noch nie in ihrem Leben gesehen zu haben. Dann aber erkannte sie den Vater. Der Tod ist also ein Hügel unter der Schirmherrschaft zweier Linden, dachte Ava und sie lagen einander lange in den Armen. Die Luft roch nach Kokosmilch und im Tal gingen die Rentiere spazieren. Auch Leute waren zu sehen. Keiner trug ein Gewehr bei sich. Das Lehrbuch der Träume, das ist es, was du hier siehst. Nimm den Brief nie mehr aus deiner Brustlaterne, sagte jetzt die Mutter.

Ava kam es vor, als sei all dies nicht mit richtigen Worten gesagt worden, als sei nichts ausgesprochen worden, und doch legte sich in sie ein Wissen, tief in sie hinein. Merkwürdig, dachte Ava, daß sie auch im Gestorbensein immer noch einen Ratschlag für mich hat. Ihre Geschwister aßen das Gelbe der Zitronen und lachten dabei. Wir sind nicht gestorben, sagten die Schwestern. Aber ihr wohnt doch nicht schon die ganze Zeit in diesem Brief, sagte Ava. Sie begriff nun, wer die Absender der brieflich getarnten Helligkeit waren. Ihre Familie schien wie immer auch das ganz normal zu finden.

Was macht ihr nur bloß die ganze Zeit hier, wollte sie wissen. Vormittags essen wir Eis und nachmittags spielen wir das Spiel vom Weißen Land. Wir lassen uns in Sommerkleidern den Hügel herunterrollen und züchten neue Rosensorten, wir sind zuständig für den Garten und arbeiten für die Programmentwicklung, wir vernetzen ahnungslose Leute miteinander, die auf der Erde noch nichts voneinander wissen, aber sich unbedingt treffen müssen, um ihre Aufgabe zu erfüllen. Die Eltern nickten. Du hast auch eine Aufgabe, sagte die Mutter. Deine Aufgabe ist dein Leben. Darum sind wir auch schon so früh gestorben, damit du sie endlich voll und ganz wahrnehmen kannst. Eine Aufgabe, sagte Ava, und ihr mußtet wegen dieser Aufgabe sterben.

Das Embryo in ihrem Ohr schlug mit dem rechten Bein

um sich. Sie sah in die vertrauten Gesichter und konnte sich mit einem Mal nicht mehr an ihre Namen erinnern. Gehe jetzt wieder zurück auf die Insel, die Zeit hat auf dich gewartet, sagte die Mutter, hier solltest du nicht zu lange bleiben. Wenn du in deinem Zimmer ankommst, wird es noch immer elf Uhr elf sein und du wirst verstehen, was du auf der Reise ins Briefinnere gesehen und gelernt hast.

Der Hügel rollte sich zusammen, verschwand, gleich einem Teppich, und wurde eins mit dem Tal. Die beiden Linden waren nun die Mitte dieser Talschaft geworden, Ava machte die Augen zu, konzentrierte sich auf ihre Brust, schaute mit geschlossenen Augen immer weiter nach innen, die Laterne leuchtete und zeigte Ava den Weg durch den Wald zurück, an den Pinien und Zypressen vorbei und vielleicht auch an den Feigenbäumen.

Hänsel und Gretel waren als erste diesen Weg gegangen und hatten also nicht nur für sich, sondern auch für sie an der Möglichkeit einer glücklichen Rückkehr gearbeitet.

Das Leuchten nahm sie nach Hause mit und Ava gab es mir, legte es in meine schon ausgestreckten Hände und ich behütete es. Der Mensch ist auf der Erde zu Hause. Es ist gut, dachte ich, daß wir hier sind, daß eine Rückkehr möglich ist und wir nicht nur in der Luft zu Hause sind, sondern auch auf Feldern, Wiesen, Häuserhöfen, in Zimmern, an Stränden und im Blick eines anderen Menschen.

Auf dem Weg zurück hätte sie immer an das Gesicht der Mutter gedacht, erzählte mir Ava, als helfe es ihr, die eigenen Erlebnisse lückenlos zu erinnern. Aber typisch für meine Mutter, sagte Ava, daß sie mich immer mit sich vermischt, daß sie mir Dinge sagt, die sich wie Dinge anhören, aber am Ende doch nur Belehrungen sind.

Nur mit Mühe konnte Ava ihre Briefreise noch für Wirklichkeit halten. Aber es gab noch mich, ich hatte nichts vergessen und habe auch nicht vor, es ungeschehen zu machen. Die Fäden der Aufgabe sind wichtig, sagte Ava zu sich selbst, die Fäden, das Verbinden der Dinge und Menschen, die Netze. Was genau hatten meine Geschwister damit gemeint, fragte sie, meine Aufgabe sei es, jene zusammenzubringen, die noch nichts voneinander wissen, aber doch irgendwie zusammengehören.

Ava wußte jetzt Dinge, die ihr vorher nichts gesagt hatten. Die Dinge blieben Dinge und wollten von sich aus nie Belehrungen werden. Wörter, die sie zum ersten Mal in ihrem Leben hörte, klangen vertraut in ihr nach. Ich liebte sie sehr dafür. Sie machte mich sehend. Mit ihr stieß ich auf das Wörterwissen. Meine Sprache, dachte ich, wohnt in diesem wundergesättigten Menschen, das Archiv, die elementare Erinnerung, ich als Wirklichkeit und Leben.

Im Zimmer bestrahlte die Sonne den kleinen Holzschreibtisch. Die Tante klopfte an die Tür, Tee stehe auf dem Tisch bereit, sagte sie. Ava wischte sich die Träume von den Wangen, und während ich sie zärtlich küßte, legte sie jeden einzelnen Traum sauber gefaltet, alphabetisch sortiert in das Innere des Briefes hinein. Wie der Brief sich selbst geschrieben hatte, das wußten wir nicht, aber begriffen das Unsichtbare als einen gutherzigen Helfer, der uns in das Buch der Bilder eingeführt hatte. Diesen Boten gewannen wir lieb.

Wie alle Schüler nach der ersten Stunde eines neuen Faches wußten wir nur, wie wenig wir wußten, und das war zunächst gut. Der Hügel war ohnehin nicht mehr zu vergessen, die Reise im Brief verwahrt, im Alphabet abrufbar. Das Gedächtnis hatte die Kerker geöffnet. In den Kellern lagen Brotkrumen. Wir sahen uns und Aschenbrödel kannten wir gut, die Körper, leicht wie Luft, gingen ineinander über, wurden eins.

Sogar unsere Kleider wurden von einer unsichtbaren Hand ineinander vernäht und die Schuhsohlen wurden mit Wind bestickt. Genährt gab sich das Spiegelland der Träume in Avas und meine Hände. Über Tage hinweg sprach das Gras zu uns, sprachen die Wipfel, sprachen selbst die Zäune und die Hirten liebten mich noch immer als ihresgleichen.

Der Tee und die Tante brachten uns wieder zurück in die Welt der Gegenstände und Tatsachen. Aber was genau waren die Dinge, bevor sie sichtbar und Dinge wurden. Eine Tatsache zum Beispiel, sagte Ava, mußte sie nicht vor der Sache eine Tat gewesen sein und vor der Tat ein Gedanke und vor dem Gedanken ein Bild und vor dem Bild eine Sehnsucht und vor der Sehnsucht – ja, was war vor der Sehnsucht?

Was ist mit diesem Brief, fragte die Tante, wer hat ihn denn nun eigentlich geschrieben. Wir schwiegen, die Tante schüttelte den Kopf. Ihre Toten hatten ihr auch einmal einen Brief geschrieben. Der kam in Form eines Brettes auf ihren Kopf geflogen

Als junges Mädchen, nach dem Tod ihres Großvaters, hatte sie Wochen in Trauer erstickend verbracht, hatte das Foto des Großvaters betrachtet, über dem Regal, hatte es wieder und wieder angesehen. Aus dem Rahmen wollte sie das Foto holen, um es immer bei sich tragen zu können. Sie stolperte dabei. Da fiel ihr das Brett auf den Kopf, mit allen Dingen, dem Wecker, den Büchern, den geschichteten Honiggläsern. Das aus dem Rahmen gesprungene Foto lag auf dem Boden, direkt vor ihren Knien. Ihr war vorgekommen, als hätte der Mund des Großvaters dabei gelächelt. Ihre Tränen waren ihr selbst plötzlich verdächtig vorgekommen, Tränen waren das, die mit dem Toten gar nichts mehr zu tun hatten, sondern nur mit ihr selbst und daß sie den Bildbereich zu ernst nahm, das lernte sie daraus.

Sie hatte alles wieder hergerichtet, die Honiggläser zurückgestellt, den Wecker wie einen Hahn in die Mitte gesetzt und das Foto an seinem ursprünglichen Platz angebracht.

Dieser Tote wollte in Ruhe gelassen werden, sagte die Tante zu uns, er plante sein nächstes Leben. Das müssen die Verstorbenen allein machen. Wenn wir sie daran hindern, kommen sie nicht weiter und planen ihr Leben so, als seien sie noch gar nicht gestorben. Das Ganze mündet in eine Parallelwelt, weil sie nichts mehr auseinanderhalten können. Weder den gerade gestorbenen Tod noch das gewesene, geschweige denn das kommende Leben.

Ich war aber schon auf dem Hügel des Lebens, der hinter allen Toden steht, sagte Ava, und die Tante öffnete ein neues Honigglas, stach mit dem Silberlöffel tief in den Bauch des Honigs und schwieg. Beide sagten nichts. Zu dritt aßen wir aus dem großen Glas und der Honig tat uns gut.

Der Hügel war bekannt. Auf dem Hügel kamen, im Schutzgeleit der Rene, die Tiere zur Welt und suchten später den Eingang in das Briefinnere der Menschen. Hier werden Träume beschlossen und redigiert, hier werden Zukunft und Vergangenheit ausgetauscht, die Gegenwart ermalt, hier, unter den Linden, ist der Tod ein unbekannter Kamerad, der keinen Krieg kennt, auch den Zweiten Weltkrieg nicht.

Das Schweigen ging ganz leicht, leichter als das Honiglecken. Die Wanduhr spielte mit. Der Sommer roch bei jedem Windstoß nach Myrrhe, die Stunde, in der die Zeiger sich küßten, war die Stunde Null. Das Ticken schien rückwärts gerichtet. Aber so hat es nur ausgesehen. In Wirklichkeit befreiten die Stunden sich, gingen wie wir aus dem

Uhrengebiet hinaus und streiften dabei die Sträflingskleidung ab. Irgendwo in Avas großem Selbst begann eine mit Monarchenfaltern geschmückte Zeit und ich kann nicht nachdrücklich genug betonen, wie froh ich bin, ihr Freund zu sein.

Der Verbotstraum begann also als Offenbarung. Ob eine Offenbarung einen Autor hat, das kann ich nicht sagen, und ich hoffe, es fragt mich niemand danach, ich kann ohnehin nichts beweisen. Die Leuchtkäfer waren einfacher zu bestimmen, sie gaben sich als Laternenbesitzer zu erkennen. Das Licht nannte sich selbst beim Namen. Ein neues Wir zog in alle ein. Wir, das war etwas Größeres und Intelligenteres, als es je ein Mensch hätte erfinden können. Zum Wir gehörte die Epiphanie der Pferde, die Erscheinung der Rene, der Einhörner, Esel, Hirsche und Palomas. Die Kolonien unter dem Lindenhügel zählten von Natur aus dazu.

Dein Zeichen ist aus vier Einsen gemacht, erfuhr nun Ava aus dem Brief, der sich schubweise und später zu jeder Stunde fortschrieb. Daran werden sie dich erkennen. Wer wird mich erkennen, fragte Ava den Brief. Alle, die du zur Sonnentränke führen wirst. Aber das können doch nur die Vögel, dachte Ava. Du und die Vögel zusammen, las sie nun, als Antwort auf ihre Gedanken, schwarz auf weiß stand es in dem Brief. Ein Zwiegespräch begann. Sie dachte etwas, fragte, staunte, der Brief antwortete, von unsichtbarer Hand gelenkt, sprach mit schöner Schrift zu ihr, blieb wach, ging nie schlafen, wachte in einem durch und folgte Avas Gedanken seismographisch. Seit langer Zeit dachte sie wieder an das Embryo in ihrem Ohr und der Briefzusammenhang begann sich zu klären.

Die Briefgeburt bekam auch die Tante mit. Nachdem sie uns das Essen gebracht hatte, verschwand sie wieder, lag auf dem Plateau, schaute in die Wipfel der Bäume, hoch hinauf, in den Bauch der Wetterschichten, strich ihren Rock zurecht, ging zur Sennhütte, kochte, schwieg und liebkoste Avas Haar.

Der Sommer ist mehr als eine Jahreszeit, sagte sie der jungen Frau am nächsten Morgen auf den Kopf zu. Ja, sagte Ava, der Brief ist mehr als ein Brief, das Leben ist mehr als ein Leben, die Wiese ist mehr als eine Wiese, der Berg ist mehr als ein Berg, und ich bin mehr als ich. Beide nickten, sahen aus dem kleinen Fenster hinaus, lachten, Honig noch in den Mundwinkeln.

Die Nacht kam leisen Schrittes dem Traumbereich entgegen. Wir ließen wie immer die Türe unverschlossen. Hier kam niemand vorbei, der nicht längst den Zufall an den Altweibersommer verkauft hatte. Wenn aber hier jemand vorbeikam, dann hatte er großen Hunger nach dem Unterpfand der Bilder.

Einer nach dem anderen fand sich direkt in der Sennhütte ein. Sie kamen zielgerichtet hierher, als hätte sie ein Ruf gelenkt, machten sie sich auf den Weg, kamen aus dem entlegensten Landesinneren, von anderen Inseln, aus Italien, Griechenland, Alexandria und aus all den anderen weitläufigen großen Mündern des Mediterran. Dieser Ruf lenkte präzise ihre Füße. Die Reisenden fuhren mit dem Auto los, nahmen einen Bus, später ein Schiff und das letzte Stück gingen sie zu Fuß.

Ava legte ihren Brief auf den Tisch, stellte Weinkrug und Weinkelch daneben, gab den Blumen in der Vase Wasser, setzte sich hin und wartete auf die Gäste.

Der erste Gast war eine Frau, vom Apennin war sie gekommen. Ich habe das Tier weiterverschenkt, sagte sie, wie der Traum es geboten hatte. Was hast du als erstes danach getan, fragte Ava. Ich habe, da es Winter war und Schnee lag, als erstes einen Handfeger in die Hand genommen, bin hinausgegangen auf meine Straße und habe die ersten vier Autos vom Schnee befreit, erstattete die Frau Bericht. Und wie hast du dich dabei gefühlt, fragte Ava. Wie ein Wicht, sagte die Frau. Du darfst von dem Wein einen großen Schluck trinken. Der Wicht trank und Ava drückte ihm einen Brief in die Hand. Der Brief ist nicht von mir, sagte sie, ich soll ihn dir nur überreichen. Die Frau öffnete den Brief. Aber da steht gar nichts drin, sagte sie. Einen zweiten Schluck Wein darfst du heute nicht mehr trinken, sagte Ava und schickte die Frau weg.

Bald danach klopfte es wieder an die Tür. Ein alter Mann, mit vielen Leberfleckchen im Gesicht, kam herein. Ich habe das Tier weiterverschenkt, wie der Traum es geboten hatte, sagte der alte Mann. Woher bist du gekommen, Alter, fragte Ava ihn. Aus den Schluchten des Balkan, liebe Frau, sagte er. Als ich das Tier verschenkt habe, bin ich einem kleinen Mädchen begegnet. Es kam aus der Welt hinter der Welt der Welt und ich habe gesehen, daß sie meine Enkelin ist. Wie hast du dich dabei gefühlt, horchte Ava nach. Ich habe gefühlt, daß ich schon einmal gelebt haben muß und daß ich wieder und wieder leben werde, bis dieses Mädchen mir alles verzeiht. Was hat sie dir zu verzeihen, fragte Ava. Ich habe einst ihre Röcke verbrannt, ihre Hände gebrochen, ihre Füße gebrandmarkt. – Aber warum hast du das alles getan? Weil ich einmal auf einen Herrn der Falschheit einen Eid geschworen habe und nie mehr von diesem Schwur weggekommen bin. So nimm jetzt das leichte Licht des Vergehens in dich hinein, trink von diesem Wein und nimm diesen Brief, er wurde für dich hier abgegeben.

Ist er von ihr, fragte der Mann.

Das weiß ich nicht, trink, nimm den Brief und gehe fort, sonst kommt nichts mehr für dich zustande. Der Mann aber öffnete noch in der Sennhütte den Brief. Aber es ist ein leerer Brief, sagte er enttäuscht. Geh, sagte Ava, was im Brief zu lesen sein wird, hängt ganz allein von dir ab. Der alte Mann ging hinaus in den Wind, in die weichgewindete Nacht der Erinnerung und Ava hörte, daß er ein bißchen weinte. Das Mädchen rief ihn offenbar schon zu sich.

Was hätte dieser Mann getan, wenn der Traum nicht zu ihm gekommen wäre, fragte mich Ava, während ich am Ofen leicht vor mich hindöste. Was macht er jetzt, nachdem er ihn geträumt hat, fragte ich sie. Aber es klopfte auch schon der dritte Besucher an die Tür der Sennhütte.

Ava richtete die Tischdecke und holte ein neues Weinglas aus der Vitrine heraus. Gott sei es gedankt, ich habe dich gefunden, sagte eine kleine Buckelige, mit leichtem Bartflaum um die Oberlippe. Ich habe den Traum geträumt und das Tier sogleich an jemanden verschenkt. Obzwar ich das Geld gut hätte gebrauchen können, in meinem kleinen Häuschen in Slowenien habe ich nicht einmal einen Ofen, habe ich dem Traum gehorcht und alles erfüllt, was von mir verlangt worden war.

Gut, sagte Ava, sonst hätte man dir auch gar nicht den Weg zu mir gewiesen. Bevor ich dich von dem Wein trinken lasse und dir diesen Brief übergebe, den man für dich hiergelassen hat, sage mir, wie du dich gefühlt hast, als du das Tier einem anderen Menschen zum Geschenk gemacht hast. Ich habe gefühlt, daß in meinem Buckel ein Knäuel wohnt und daß dieser Knäuel aus meinen drei verstorbenen Ehemännern besteht. Als ich dann nach Hause gegangen bin, habe ich angefangen, mit ihnen zu reden und sie wegzuschicken. Geht, wohin euch bestimmt ist zu gehen, und laßt mich hier ohne Buckel meine Bestimmung leben, habe ich ihnen immerzu gesagt.

Sie sind natürlich nicht gegangen, sagte Ava. Aber warum nicht, fragte die Frau. Weil sie Angst haben und weil sie glauben, ohne dich verloren zu sein. Aber wie bringe ich ihnen jetzt bei, daß jeder für sich leben muß und sie mich endlich in Ruhe lassen sollen. Trinke vom Wein und nimm diesen Brief mit, lies ihn, wenn du zu Hause angekommen bist, öffne ihn nicht vorher, sonst wirst du nie erfahren, wie du die Kerle los wirst. Jetzt gehe aber, der Brief schützt dich vor der Nacht. Die Frau ging und weitere Besucher gaben sich die Klinke in die Hand. Bis zum Morgengrauen waren sie vorstellig geworden, hatten Wein getrunken und ihren Brief entgegengenommen.

Ava legte sich kurz nach Sonnenaufgang zu mir ins Bett, jetzt war auch sie müde geworden. Der Hügel der Linden, die Sennhütte, die weitgereisten Menschen und die bereitstehenden Briefe, all das nahm sich zu einem Tanz vor unseren Augen aus, der uns, vor allem aber Ava schwindelig machte. Bevor sie einschlief, roch es in der Hütte nach Kokosmilch, und ich küßte sie wie etwas ganz und gar Zartes, das meiner Obhut anvertraut worden war. Lange noch blieb ich wach, um ihre selbst im Schlaf sichtbare Lebendigkeit mit meinen Blicken zu liebkosen.

Die Nacht darauf wiederholte sich alles, die Besucher kamen, tranken Wein, erhielten die Briefe und gingen wieder fort. Nacht für Nacht und Morgen für Morgen erlebte Ava das Wunder der Vernetzung. Nach elf Tagen hörte der Besucherstrom auf. Es reicht, stand in ihrem Brief, alle anderen kommen jetzt über die Träume zu dir und wir reichen Wein und Briefe in die Herzen hinein. Ava schlief lange und gut, nach den elf Tagen der vielen Begegnungen hatte sie sich einen ruhigen Schlaf verdient. Aber in den Träumen führte sich alles fort, alle, die sich in der Sennhütte angemeldet hatten und vorbeigekommen wären, wurden nun umgeleitet und an die nächtlichen Bilder verwiesen. Der gesamte Raum des Mediterran war da vertreten, angenehm war es, sagte Ava, trotz aller Arbeit, unter den Olivenbäumen zu liegen und den Hof der Menschenherzen sauber zu fegen.

Avas eigener Brief war in der Zwischenzeit zu einem richtigen Buch geworden. Sie blätterte darin, sah sich einzelne Seiten an und stellte sogar fest, daß die Seiten auch in sich ergänzt wurden.

Der Brief wurde ein wandelndes Gedächtnis ihrer Gedanken und Ideen. Er zeichnete Ava auf, schrieb sie nieder, wie im Weltenarchiv. Der Zugang war ihr nun selbst erlaubt. Man hatte sie auf einer ihrer Traumreisen unterrichtet, sie sei jetzt befugt, das Archiv jederzeit zu konsultieren. Da die Basis unserer Beziehung Offenheit und Vertrauen waren, schaffte sie die gleichen Bedingungen auch für mich. Mein Verstand wehrte sich zunächst dagegen. Der Verstand will alles ordnen und logisch erfassen, kann es aber nicht vollständig, weil die wichtigsten Augenblicke in einem Menschenleben jene sind, in denen er Verluste erleidet, Verluste, die aber von Anfang an dem Verschwinden bestimmt sind.

Ava blätterte in ihrem Brief wie in einer Heiligen Schrift. Es begann mit einem Kapitel über Leonardo da Vinci. Mich machte das hellhörig. Von meiner Vorstellung, ein Erbe seines Gedächtnisses zu sein, hatte ich meiner Freundin Ava nie etwas erzählt. Sie sah, daß man jetzt alles über die Übersiedlung ihrer Familie nach Italien nachlesen konnte. Sie legte den Brief zur Seite. Seit langer Zeit hatte sie wissen wollen, warum sie alle ausgerechnet in Siena lebten und nicht auf ihrer dalmatinischen Sonneninsel.

Ava hatte Herzklopfen, ging hinaus in die Sonne, setzte sich vor die Sennhütte und versuchte, an nichts zu denken. Der Vater, las sie im Brief am Abend, sei in einem Traum auf Leonardo da Vinci getroffen. Er habe ihn mit seinem Namen angesprochen. Es war der Name, der auch im Brief des Vaters stand. Sehr höflich sei Leonardo gewesen und habe sich sogar vorgestellt. Als hätte ich ihn nicht ohnehin gleich erkannt, soll Avas Vater gedacht und sofort gewußt haben, daß ihm der Schöpfer persönlich erschienen war.

Im Hafen kamen Schiffe an, Fähren und kleine Boote rückten mit ihren Schnäbeln an die Kaimauern. Sie trugen Menschen in ihren Bäuchen und auf ihren Rücken. Sie gingen auf der Insel umher, aßen zu Mittag oder zu Abend, badeten in den stillen Buchten und gingen wieder fort. Manche blieben Wochen. Wir erkannten sie an ihren weißstrahlenden Kniehosen, an den bunten Kappen, die sie sich ängstlich, Schutz vor der Sonne suchend, tief in die Stirn zogen.

Irgendwann schaffte Ava es, ihren Brief und den Brief ihrer Familie ganz zu lesen. Und da stand es, alles stand darin, die Übersiedlung war beschrieben, das Schiff mit dem Namen Divo, der Wind dieses einen Tages, das Schnattern der Wildgänse, das wissende Geschrei der Möwen, die Mutter, mit ihren teuren Fotoapparaten, die Koffer, die kleinen Geschwister, und sie, Ava, die sich den Großeltern immer wieder um den Hals wirft und nicht gehen möchte. Sie hört sich, die einstige Stimme, wie sie die Mutter fragt, warum gehen wir nach Siena, Mama? Weil dort der Onkel Lubki wohnt, antwortet ihr diese. Können wir nicht hier bleiben, fragte Ava. Nein, antwortete die Mutter mit gleichbleibender Geduld, wir können nicht hier bleiben.

Der Traum war in die Augen und die über ihnen liegenden Brauen des Vaters hineingelegt worden, von den Brustlaternen, sagte der Brief. Zum ersten Mal hatte Ava das Wort auf dem Schiff gehört. Von den Brustlaternen, wiederholte sie, die ganze Überfahrt lang. Ja, sagte die Mutter, sie werden wissen, warum. Draußen aber, in den Eingeweiden des weißgeschäumten Meeres, riecht es nach fremder Welt, nach Tiefe und Ahnungslosigkeit. In Avas Hals ist eine Frage steckengeblieben, sie liegt ihr quer im Hals, wie eine Fischgräte. Sie wagt nicht, diese Frage zu stellen.

Über all die Jahre hinweg liegt die Gräte im Hals, verhindert das Reden, riecht mit jedem Jahr mehr nach kopfwärts erschlagenem Fisch. Ava hatte damals schon eine Ahnung bekommen.

Der Traum hatte eine Schuld beglichen, zu begleichen versucht, mit der Übersiedlung, mit Siena. Die Schuld trug ihr eigener Vater in sich. Es überkam sie, war nun mehr als nur eine Ahnung, war Wissen um ihr eigenes Beteiligtsein. Wie, auf welche Weise, hätte sie nie erzählen können, und doch war es da, das Wissen, daß diese Geschichte auch ihre Geschichte ist, sie eines Tages zurückkommen wird, wie ein in Kriegswirren verloren geglaubter Mensch. Leute, die man aus den Augen verloren hat, kommen immer dann zurück, wenn man gerade aufgehört hat zu glauben, daß es sie jemals gegeben hat.

Als sie in der Scuola Leonardo da Vinci das Studium begonnen hatte, war sie schon mit dem Herzen eine Italienerin geworden, jemand, der von der anderen Seite der Adria gekommen war und bei dem die Herkunft im Grunde keine Rolle spielte, nur insoweit, daß sie einen aus den alltäglichen Gewohnheiten heraushob und einem das Selbstverständliche des Sprechens nahm. Stritten die Menschen sich, an der

Supermarktkasse oder auch am Friedhof, nach dem Sonntagsgottesdienst, stand Ava immer abseits, weil sie in diesen Momenten an ihre Herkunft erinnert wurde.

Sie wußte lange nicht, ob ein Mensch, der aus einem anderen Land kam, überhaupt ein Recht darauf hatte, einen Streit in einer fremden Sprache zu schlichten und etwas für die Versöhnung der Streitenden zu unternehmen. Oder ob es nicht eher so war, daß sie immer schweigen sollte, vielleicht verstand sie irgendein Detail falsch und dachte nur, daß die Menschen miteinander stritten, diese sich aber in Wirklichkeit nur ein bißchen lauter unterhielten. Für Töne war sie empfänglich, und noch bevor sie die neue Sprache gelernt hatte, wußte sie, was der Klang einer Stimme bereits den Worten vorweggenommen hatte, die dann meistens wie Graupeln hagelten, eines nach dem anderen den Ton einlösend, den die Stimme und der Atem schon angekündigt hatten. Ava beobachtete sie, hörte den Echoräumen ihrer Sätze nach, ihren Satzkonzerten, in denen selten Ruhe mitschwang. Ava ging fast nie mit den anderen mit. Nicht ins Konzert, nicht in Kneipen und auch ins Kino ging sie nicht. Ava blieb lieber allein, blieb auch in Italien immer zurück, mit ihrem klopfenden Herzen, mit ihren Ideen von Gerechtigkeit und Adlern mit Taubenherzen.

Nach dem sorgfältigen Studium dieses Berichtes aus Avas Vergangenheit stand plötzlich Leonardo da Vinci in unserem Zimmer. Wie damals bei ihrem Vater stand er da, und wie er da stand und schaute, einfach geradeaus schaute, in einem durch, ohne mit der Wimper zu zucken, da begann Ava zu weinen.

Ich war kurz ins Tal gegangen und wollte Besorgungen machen. Sie erzählte es mir später, alles, jede Einzelheit beschrieb sie mir und sagte, daß sie mit dem Weinen lange habe nicht aufhören können, weil sie, ihn betrachtend, alles über sich gewußt habe. Alles. Das sei schwer zu ertragen gewesen. Dann aber habe er ihr wortlos irgendwelche Protokolle übergeben. Nichts anderes also als jene Texte über meine einstigen Treffen, meine Berichte, die ich damals in all den traumverwobenen Nächten geschrieben hatte. Sie las sie sich und uns laut vor. Wir konnten es beide noch Jahre später auswendig aufsagen:

»Sie stehen da, die Hände in den Taschen, sie rauchen nicht, das haben sie längst verlernt. Sie schreiben mit Helligkeit ihre Namen. Sie sind keine Verlorenen. Jeder Baum ist der Schutzbefohlene von hundert Menschen. Sie wissen es nicht, noch nicht, aber sie werden alles wissen, daß Kojoten in Wirklichkeit Sänger sind und daß die Hyänen nicht hassen können. Sie werden alles genau sehen, alle Ahnungen werden von ihnen fallen wie Blätter von den Herbstbäumen. Danach werden neue Blätter wachsen. Sie werden diese Blätter selbst auswendig kennen, die Gemälde eines einzelnen Blattes werden das Geschick der Menschheit retten. Das Grün werden sie kennen, die vier Herzrichtungen der Liebe. Niemand wird sie betrügen, niemand mit ihren Stimmen sprechen. Sie werden wach werden und dankbar sein, für jeden Atemzug und für jeden noch so nebensächlichen Schritt. Sie werden wissen, daß es sich lohnt, unter den Teppichen den Dreck wegzukehren und die Staubsauger nicht nur für die Oberfläche zu benutzen. Sie werden in den Sommern ihres Lebens alle Tücher, Hemden, Hosen, Betten, Vorleger und Felle an die Fenster ihrer Häuser legen, sie werden den Wind bitten, seine Liebe in jede Textur zu legen, sie werden den Schmutz aus der Tiefe der Stoffe herausklopfen, ein bißchen husten und mit Zimt und Butter glücklich sein. Ein Stern wird unter ihnen weilen, aber sie werden den Stern nicht sehen. Nur mit den offenbar gewordenen Farben werden sie sich schmücken, keine Farbkontaktlinsen tragen und am Anfang nach jeder Lüge ein wenig kotzen. Sie werden das Sich-Erbrechen satt haben und sich einfach so dem Sommer übergeben, freiwillig alle Laken in die Winde der Jahreszeiten hängen und auf keinen Messias warten. Sie werden begreifen, daß der Stern eine Zeichnung in den Hemdtaschen ihrer Briefe ist. Sie werden den Stern begehen, Stück für Stück, in aller Stille, die den Wipfeln der Berge eigen ist. Sie werden Stille zum Frühstück zu sich nehmen, zu Mittag und zu Abend. Sie werden gehen, wie Wanderer, ihren Stern abtastend, zunächst mit einer Augenbinde, dann ohne sie, weil sie verstehen werden, daß es keinen Sinn macht, eine Wanderung zu tun und dabei nichts zu sehen. Sie werden an den Küsten die Schönheit und die Häßlichkeit zusammen baden sehen, werden ein wenig mitschwimmen, den Wellen entgegen, mit den Wellen in eins, werden dann Schönheit und Häßlichkeit sein lassen, für das Neue, das sie noch nicht kennen. Der Stern ist groß, er reicht an den Rand der Briefe, die jeder erhält. Sie werden mit einem Mal nicht aus dem Staunen kommen und die mathematisch genaue Präzision des Wunders wie frischgepreßten Orangensaft trinken. Sie werden von niemandem mehr Befehle entgegennehmen und keine Waffen tragen. Keiner wird je mehr irgend etwas ausrufen, nur das Wetter, und ihm wird man folgen. Das Wetter, ganz gleich wie es sein wird, aus dem Inneren der Ohren. Sie werden keine Regenschirme mehr tragen, es wird ihnen albern vorkommen, sich vor Wasser zu schützen. Sie werden sogar aus ihren Häusern herausgehen, hinaus in die Wälder und auf die Felder, werden sich auf die Erde legen. Sie werden naß und schmutzig auf die Art der Kinder zurückkehren, aber wachgeregnet, mit Honig in der

Erinnerung. Sie werden eine neue Funkuhr in der Stirn tragen und das Gute für sich denken können, ganz leicht, sogar auf Vorrat. Sie werden lachen, von sich aus und von ihrem Stern aus, denn sie werden den Platz genau kennen, auf dem sie sich gerade befinden, sie werden es jeden Abend vor dem Schlafengehen genau mitgeteilt bekommen, ob sie links, im Osten des Sterns, oder rechts, im Westen des Sterns, gerade ihre Arbeit verrichten.

Die Liebenden werden ihrem Namen alle Ehre machen. Sie werden sich küssen, in einem durch, sie werden sich kennen, von Anfang an. Sie werden Abraham danken, daß er alles für sie vorher gelebt hat und daß sie nun nichts und niemanden mehr etwas opfern müssen. Beim Nachtisch werden sie alle gordischen Knoten mit einem Gedanken durchschneiden, dabei aber ruhig ihre Erdbeeren und Wunder essen. Sie werden lange und leise beieinander bleiben, keinen Trost brauchen, sich nicht zwingen, Dinge zu sagen, die gar nicht gesagt werden müssen. Sie werden sich keine Versprechen machen, sich in den Wäldern und auf Hügeln lieben, keinen Verrat kennen. Sie werden keine falschen Träume haben, sich präzise Bilder zum Valentinstag schenken und auf Kontrolle verzichten. Man wird ihnen die irdischen Pässe wegnehmen, die Identitätskarten müssen sie dann leben. Aller Zwang wird ihnen dabei abgesprochen, sie dürfen lernen, sich sekündlich neu füreinander zu entscheiden. In ihren Häusern wird es leicht nach Flieder riechen. Die Latrinen ihrer Herzen sind dann bereits am Anfang ihres neuen Lebens abgeschafft.«

Als Ava fertiggelesen hatte, sahen wir auf die Türe, sie stand einen Spaltbreit geöffnet. Jemand hatte in meine Aufzeichnungen die Zukunft eingearbeitet, als sei der Tod wirklich nur ein Hügel unter zwei Linden und als könne die eigene Vergangenheit umgeschrieben werden, gewandelt, in ein ganz anderes Protokoll. Ava schlief in dieser Nacht lange nicht ein, fiel aber dann in einen tiefen Schlaf. Endlich verbrachte sie eine traumlose Nacht. Ein großer Hunger überkam uns am nächsten Tag, wir standen auf, gingen zum Kühlschrank und aßen einen halben Käselaib auf. Danke, sagte das Embryo in Avas Ohr laut und deutlich. Aber Ava fragte sich mit Nachdrücklichkeit, warum in ihrem Ohr so deutlich gesprochen werde, gesprochen, mit richtigen Wörtern. Ihr fielen wieder die Briefe ihrer Mutter ein, von damals, aus der Zeit, da sie ihr noch schriftlich Ratschläge gab, ihren Rat mit der Post schickte. Ava liebte trotzdem die Briefe ihrer Mutter, in ihnen lange Sätze, allesamt ohne Punkt und Komma.

Ich habe auch solche Briefe von meiner Mutter erhalten, aber das war viel später, als sie begriffen hatte, daß ein Zeitwirbel mich aus dem Leben eines Erwachsenen befreit hatte, und ich verstand, daß damals ihr Tod nur einer meiner unerfüllten Wünsche war.

Niemals verlangte meine Mutter mehr von mir, die Arbeit eines Gefangenen zu tun. Sie erzählte mir von ihren Katzen, von den Vögeln, die in ihren Garten kommen, von dem großen Berghund, den sie jetzt zu sich genommen habe, und von der Ziege, die mit ihr im Haus wohne. Ein ganzes Zimmer hatte sie für die Ziege eingerichtet. Den Hühnern hackte sie nicht mehr den Kopf mit der Axt ab, sagt sie. Ich denke, es ist die Wahrheit. Jedesmal, wenn ich bei ihr bin, suche ich im Garten nach Blutspuren, kann aber keine finden. Ich kenne die Stelle, an der die Köpfe gerollt sind. Es ist immer die gleiche. Das macht das dunkelrote Blut der Hühner, die ohne ihre Köpfe sehr gut rennen können.

Wäre ich ein Kind gewesen, hätte ich geglaubt, sie flüchteten vor ihrem eigenen Rot. Aber heute glaube ich, daß sie gar nicht flüchten, daß sie einfach nur rennen, weil ihnen die Menschen leid tun. Meine Mutter sieht mich oft und lange an, wenn ich sie auf der Sonneninsel besuche, sie lacht sogar manchmal mit mir, als ahne auch sie, wie es sein kann, das richtige Leben.

## Die Eroberung des Wörterbuchs

Ich habe heute Nacht eine Frage geträumt, sagte die Frau. Das gibt mir zu denken, eine einzige Frage, und ich verstehe nicht einmal ihren Sinn. Bei mir ist das noch nie vorgekommen, sagte der Mann, grundsätzlich spricht in meinen Träumen niemand. Wann tagt wieder der Luftkonvent? So lautete die Frage, sagte die Frau, ich habe sie nur ein einziges Mal gehört. Sie wurde nicht wiederholt. Ich wußte das irgendwie, noch bevor sie ausgesprochen war, dachte ich, das mußt du dir merken, es wird nur einmal ausgesprochen. Jemand mußte die Wörter gesagt haben, ich selbst aber war es nicht, sagte sie, ganz sicher war ich es nicht. Das hätte ich mir gemerkt, ich rede seit meiner Kindheit nicht mehr in meinen Träumen, und eine Frage, hätte ich diese Frage je selbst gestellt, hätte ich nie vergessen können. Aber ich habe auch niemand sonst gesehen, mich ohnehin nicht, kein Mensch weit und breit, nur diese Frage, dabei weiß ich überhaupt nicht, was ein Konvent eigentlich ist.

Der Mann schlug das Wörterbuch auf, vererbt war es, von einem Verwandten, der lange im Hinterland bei den Franziskanern gewesen war und eines Tages zurück auf die Insel Lopud kam, einfach so, er sagte, ich bin für immer zurückgekommen und nur das Wörterbuch hatte er mitgebracht, als habe er während der Zeit im Kloster Freundschaft mit ihm geschlossen und bringe es jetzt mit, als seinen einzigen Gefährten. Drei Wochen hatte sein *für immer* gedauert. Er ist nach dem Abendessen einfach gestorben, ohne den Eheleuten auch nur das kleinste Zeichen zu geben. Das Wörterbuch hatte er in seinem Testament als einzigen Besitz vermerkt und die Bitte geäußert, die beiden mögen sich daraus abends vorlesen. Findet das Paradigma, hatte er ihnen in seinem Abschiedsbrief geschrieben, und die beiden dachten, das sei etwas zum Essen. Als sie das Wort nachgesehen hatten, lachten sie, es kommt aus dem Griechischen, sagte die Frau und las laut vor, Paradigma bedeute Beispiel, Muster und sprachwissenschaftlich müsse man sogar von einem Beugungsmuster reden. Er hat also gedacht, sagte der Mann, unser Leben trage ein Beugungsmuster in sich. Ich weiß nicht, hatte die Frau geantwortet, er war ein Kauz, vielleicht hat er bei den Franziskanern etwas angestellt.

Sie sah dabei nach oben, als wolle auch sie etwas tun, irgend etwas, mit Hilfe der Luft, dieses Muster verstehen vielleicht, aber sie vergaßen dann das aus dem Griechischen stammende Wort, das in ihm gehortete Wissen um ein Muster, in dem sich ihre Beugung abspielte, ihre Beugung und ihr Leben. Aber das Muster, sagte die Frau doch noch, woher kommt es, wer webt es, drückt es uns jemand auf, wollte sie wissen, während sie das Wort Konvent nachschlug. Das Leben ist vielleicht auch nur so ein Muster, ein klitzekleines Eckchen im Gesamtbild der Sterne, sagte sie, eine Art Form, dachte sie noch für sich, die sich am Himmelsrand betreten läßt. Vielleicht ist das Muster das einzige, wofür es sich zu leben lohnt, sagte sie schließlich laut, und der Mann dachte im stillen, für ein klitzekleines Muster möchte ich aber nicht gelebt haben. Das Muster selbst ging aber auch ihm nicht mehr aus dem Kopf. Findest du das Wort nicht, fragte er und nahm das Wörterbuch an sich.

Ich weiß nicht, sagte die Frau mit einem in die Ferne gerichteten Blick, es ist schon seltsam genug, nur eine Frage zu träumen und dann auch noch eine, die ich rein inhaltlich gar nicht verstehe. Eine Zusammenkunft, es geht um ein Treffen, sagte der Mann und hörte mit dem Blättern im Wörterbuch auf, sah das Buch nur an, ganz lange. Ich glaube, es hat etwas mit den Wörtern zu tun, sagte er dann ernst, und sie gingen erst einmal spazieren, eine ganze Weile, am Meer entlang. Wenn ich das richtig verstehe, dann geht es hier um eine Versammlung der Luft.

Vielleicht ist es ein Auftrag, sagte die Frau. Eine Aufgabe, die wir für jemand übernehmen müssen, der keine Zunge mehr hat. Sie dachten beide an den Franziskaner, aber sie sagten seinen Namen nicht. Ohne innezuhalten, gingen sie weiter, vorbei an den gelb-roten Blütenfarben, vorbei auch an zwei Königinnen der Nacht, die etwas von dem weißen Innenleben ihrer tagabgewandten Blütentrichter zeigten, vorbei an Blatt- und Blütenknospen, an Fruchtkapseln, am abgeblühten Stechapfel.

Der Stechapfel ist der Zigeuner unter den Pflanzen, sagte der Mann unvermittelt. Eine Zigeunerlegende, die man sich in meiner Kindheit im Norden der Elaphiti-Inseln erzählt hat, berichtet davon. Ein Zauberer, heißt es der Legende nach, ist unzufrieden mit seiner Frau, obschon sie ihm zahllose Kinder geschenkt hat. Er verwandelt sie in eine Stechapfelstaude und verhängt einen Fluch über sie und ihre Nachkommen. Sie soll fortan heimatlos über die Erde hinwandern.

Damals, in der Kindheit, habe ich viele Zigeuner gesehen, sagte der Mann. Ihre Zauberfrauen trugen Leinwandbeutel mit sich. In den Beuteln waren Stechapfelsamen. Die trugen sie immer mit sich. In die Samen hatten sie geheime Wörter hineingesagt. Sie hatten sie besprochen. Mit diesem Mittel rieben die gerufenen Zauberfrauen bei ihrem ersten Besuch den Körper eines Kranken ein. Jenen, die an chronischen Kopfschmerzen litten, sagten sie, sie sollten auf einen glücklichen Berg gehen, sollten sich auf dem Gipfel niedersetzen und Stechapfelsamen hinter sich werfen, und dann so viel Speisen zu sich nehmen, wie sie nur konnten. Sie haben das so gesagt, auf einen glücklichen Berg solle man gehen, und ich weiß nicht, ob ich jemals auf einem solchen Berg gewesen bin. Vielleicht habe ich ihn gesucht, ohne es zu wissen, Ausschau gehalten, nach einem solchen Gipfel.

Bei erotischen Verirrungen rief man diese Frauen auch, ich weiß nicht mehr genau, um was es ging, aber ausgerechnet der Pfarrer hat einmal ihre Hilfe beansprucht. Man sagte, das werde dann eine Lockerung hervorrufen, so soll es der Pfarrer selbst gesagt haben. Durch die Giftpflanze allein war das möglich, die Wörter an sich hätten ihm nicht geholfen. Gift war also das ausschlaggebende Wort, so habe ich es verstanden, ich kauerte in einem Busch, meine Hände schwitzten und ich konnte nicht weggehen, habe alles mitangehört, und als sie das Wort Gift wiederholten, kam es mir vor, als sei Gift ein Wundermittel, mit dem man auch Jesus grüßen konnte, aber das zu sagen, das habe ich nie gewagt. Und in einem der darauffolgenden Sommer hat es am Pfarrhaus, direkt vor der Eingangstüre, einen Aushang gegeben; eine der merkwürdigsten Geschichten, die ich auf Lopud während meiner ganzen Kindheit erlebt habe.

Die Leute wunderten sich allesamt, sie wunderten sich und lasen es sich laut vor. Aber auf dem Brett stand es schwarz auf weiß, eine Liste der früheren Verwendungen der Stechapfelsamen in der Medizin. Man bezog sich da wohl auf einen wichtigen Index. Und über der langen Liste stand *Verwendungen der Stechapfelsamen*. Und darunter, daß man die Stechapfelsamen als Nervenmittel und Hypnotikum bei Asthma benutzte, bei chronischer Laryngitis und Bronchialkatarrh, bei Lungenemphysem, Phthisis, Hustenreiz, Tussis, Parkinsonismus, Keuchhusten, Kardialgie,

Neuralgien, Veitstanz, Epilepsie, Tetanus, bei Geisteskrankheiten, Puerperalmanie, Nymphomanie, rheumatischen Gelenkleiden und syphilitischen Knochenschmerzen.

Eine lange Liste, mit all diesen vielen unbekannten Wörtern, die Leute haben zur Sonne hochgesehen und ich glaube, sie haben zum ersten Mal in ihrem Leben richtig gebetet. Nicht das übliche Vaterunser. Sie haben eigene Gebete erfunden. So viele Krankheiten hatten sie noch nie an einer Stelle verzeichnet gesehen. Aus Angst vor ihnen erfanden sie diese Gebete, um in der Stille dem fremden Klang etwas Eigenes entgegenzusetzen.

Ich staune am meisten über den Veitstanz, sagte die Frau. Mich hat jedes Wort gewundert, wie es da stand, sagte der Mann, und wie die Sonne auf das immer heller werdende Papier Tag für Tag geradewegs leuchtete, mir ist manchmal übel gewesen, die Liste habe ich wieder und wieder, eigentlich täglich, aufs neue gelesen. Ich glaube, so war es, so ist es gewesen, aber es kann sein, daß ich zu viel darüber nachgedacht habe. Es war ein einziges Rätsel für mich, eine Art unaufhörliches Staunen, das mich atemlos machte. Als mein Onkel Vanja starb, sagte einer der Trauergäste, jemand, der aus Amerika gekommen war, der Stechapfel habe wie alles ein inneres Gegenbild. Ich bin nie dahintergekommen, was dieses Bild gewesen sein mochte, und er hat es mir nie verraten.

Heute denke ich manchmal, ich habe das alles geträumt, aber der Mann aus Amerika war eine richtige Autorität für mich, ein Reisender, jemand, der so lange unterwegs war, um irgendwo anzukommen, ich glaube, damals war er für mich ein Stellvertreter Gottes, und ich stellte mir vor, er nähme mich mit, auf ein großes Schiff, weil ich als einziger die Liste mit den Krankheiten auswendig konnte, weil ich sie auch laut aufsagen konnte, ohne einmal ins Stottern zu kommen. Aber all das, obwohl es so klar in mir lebt, kommt mir so fern, so weit weg vor, als hätte ich in der Zwischenzeit anders oder sogar mehrfach gelebt, als sei ich gestorben und hätte mich wieder an mich selbst erinnert. Eigenartig finde ich es auch heute noch, was für Krankheiten die Menschen haben können, daß sie immer an irgend etwas leiden und sich dafür so viele Schmerzen und so viele Namen ausdenken können. Sie denken sich Wörter dafür aus, sie lassen sich auf diese Wörter ein, sie geben diesen Wörtern ein Zuhause, mittendrin in sich geben sie ihnen eine Adresse.

Mich beeindruckt am meisten das Wort Veitstanz, wiederholte die Frau. Ich habe das noch nie im Zusammenhang mit einer Krankheit gehört. Der Name ist das Wort. Das Gesicht tanzt. Es macht Grimassen. Überheftige Bewegungen. Die Leute haben immer gesagt, der Veitstanz ist eine unheimliche Erbkrankheit, eine der unheimlichsten, die es überhaupt gibt in der Welt. Gibt es denn ein Außerhalb der Welt, fragte der Mann. Alles ist doch ein Innerhalb. Es sei denn, es gibt noch einen anderen Ort, wo ein Halb und Halb nicht weiter auffällt. Vielleicht sehr weit weg, sagte die Frau, in der Sense der Stille oder im Duft angeschnittener Rosen.

Das Wort unheimlich ist ganz falsch, im Grunde richtig falsch, sagte der Mann, eigentlich ist an der Krankheit weder etwas verstohlen noch geheim, ist sie doch genau zu sehen. Heimlich wäre sie, wenn das Gesicht unter dem Gesicht tanzen würde und das Verstecken wirkte, an jedem Tag und auch in der Nacht, vielleicht durch Angst, vielleicht durch Tränen. Wenn die Grimassen im unteren Gesicht Grimassen wären, im unsichtbaren Gesicht. Und wenn die Bewegungen versteckt wären, in unserer Stirn, ein sich selbsttätig abspulender Film, eine Bilderrolle, deren Regie und Sinn wir nicht verstünden. Eigentlich unlogisch, daß das Offensichtliche dieser Krankheit immer zum Tode führt. Es käme mir andersherum logischer vor, stimmiger, wenn man am Unsichtbaren, am Ungesehenen sterben müßte. Aber meinst du, fragte der Mann, daß es so etwas gibt, einen unweigerlichen Weg zum Tode? Irgendwie weiß man noch immer nicht, an was man eigentlich stirbt. Warum das Atmen irgendwann aufhört.

Ich glaube, es hat etwas mit der Unweigerlichkeit des Paradigmas zu tun, sagte die Frau. Es liegt an seinem strengen Muster, an der in ihm wirksam gemachten Blume, die nach innen wächst und in ihrer Mitte sich selbst im Wege steht. Dabei ist wachsen auch nicht gerade das richtige Wort. Nichts wächst nach innen. Nur von innen nach außen kann etwas wachsen. Der genetische Defekt vom Veitstanz ist dann vielleicht zu umfahren, wie Strudel, Meeresunterströmungen auf dem Ozean, irgendwo draußen, wenn die Farben alle ins Blaue hineinstreben, wenn die Möwen ausbleiben, wenn nur noch das Blaue und das in ihm schlummernde Wogen leben, wenn es nichts außer diesem Blau gibt, dem Blau und dem in ihm lebenden Singen der Wale.

Im Grunde findet beim Veitstanz eine Vergiftung dieses blau angelegten Ganzen statt. Die Nerven gehen flattern. Sie ziehen aus sich selbst aus. Sie glauben keiner Möwe mehr und kein Wind ist ein Wind, ist dann ein Sturm, ein Feind aus der Luft. Die Wissenschaftler sagen, der Zelle fehle etwas, das für die Koordination ihrer Signale zuständig ist. Ein Bewegungsausfall also. Eine Signalsperre. Aber diese Sperre, ich glaube, sie ist zugleich eine Öffnung. Etwas Neues.

Denk nur an die landlebenden Vorfahren der Wale, erst haben sie für die Jagd mehr und mehr die Küstengewässer genutzt, Flußmündungen natürlich, die dürfen nicht vergessen werden, dann das Meer, das richtige Meer, das Draußen des Meeres und haben sich dann dem Element Wasser angepaßt, sie haben das aquatile Leben entdeckt, aber erst, als sie ganz weit draußen waren. Das aquatile Leben kann man nicht an der Küste entdecken. Die Leute von Lopud wissen das.

Man muß etwas aus dem Alten heraus erspähen, es aber in seiner Wandlungsfähigkeit nutzbar machen, so wie die Vorfahren der Wale das gemacht haben, mit der Entwicklung eines stromlinienförmigen Körpers, mit dem Verlust des Haarkleides, Blubber haben sie ausgebildet, die Vordergliedmaßnahmen zu Flippern umgebildet, eine grundsätzliche Neubildung von Fluke und Finne war erforderlich. Natürlich galt es da, die Hintergliedmaßen und den Beckengürtel zurückzubilden. Die Vorfahren der Wale haben nichts festgehalten. Sie wären nie Wale geworden, wenn sie ihre Hintergliedmaßen und ihre Beckengürtel festgehalten hätten. Zeitgleich ging wie von selbst eine Verlängerung und Verbreiterung der Schnauze einher, das Gebiß wurde spezialisiert, für das aquatile Leben. Die Nasenöffnung mußte deshalb verlegt werden, dringend, in der alten Form hätten sie die ganze Umorientierung verhindert, rigoros, nur eine Blockade, und die ganze Entwicklung wäre unmöglich geworden. Dabei mußten sie eine Möglichkeit des aktiven Verschließens der Nasenlöcher finden. Die Niere erfuhr eine Vergrößerung. Wuchs über sich selbst hinaus. Der Sauerstoff wurde besser gebunden, ich glaube, das wurde durch einen hohen Hämoglobingehalt möglich. Wer hat in ihnen gedacht?

Später sollte sich herausstellen, daß durch diese Erhöhung des Hämoglobins die Taucherkrankheit verhindert wurde. Ein Muster im Muster und darin der Zufall ganz fremd.

Dann diese ungeheure Möglichkeit, nicht lebensnotwendige Organe vom Blutkreislauf vorübergehend, man stelle sich das vor, vorübergehend abzuklemmen und den Herzschlag zu verlangsamen. Jetzt sind die Wale perfekt dem Wasser angepaßt. Sie sind zu Hause in diesem Element. Wer könnte sie sich jemals wieder als Landgänger vorstellen? Sie haben nun als Wasserwesen eine optimale Spindelform, und glatte Haut, ganz glatte, sie sind die Meister der widerstandsarmen Fortbewegung. Es ist viel in ihnen gearbeitet worden, sehr viel gearbeitet worden und dann wurden sie etwas so Schönes, singende Wesen.

Ich weiß, daß wir mit den Walen verwandt sind, das weiß ich sicher, wir, wir Menschen. Vielleicht kann auch unsere Speckschicht, der Blubber, und wer weiß was noch, zur Gestaltung einer Spindelform führen und uns gleichzeitig als Wärmeisolierung dienen, im Winter unserer Gesichter, wenn der Veitstanz zu tanzen beginnt, vielleicht können wir einen Piano-Expreß durch die Zellen fahren und unser Gedächtnis bitten, die Wärmeisolierung zu unterstützen und die reinen Farben wiederzuerwecken, die der Veitstanz schluckt. Ein schwerer Ohrknochen nützt niemandem. Aber der Veitstanz, meinst du, man kann mit ihm reden? Ihm das erzwungene Tanzen wegnehmen, ihn zu den Farben führen. Zum Blau. Zum Grün. Zum Weiß.

Ich glaube, sagte der Mann, zugehört hatte er die ganze Zeit auf dem Spaziergang, ich habe meine ganze Kindheit für einen Traum gehalten, für einen repetierbaren Traum, das sage ich dir ganz ehrlich, ein Traum, der mich über all die Jahre mit irgend etwas Vertrautem zu wecken versucht hat.

Die Pinien erinnere ich in einem satten Grün, sie schluckten offenbar nicht den Staub von der Straße wie die anderen

Bäume. Der Staub flog umher, als suche er ein Ziel, und fiel dann doch ins Nichts hinein. Auch die Späne des Schreiners flogen umher. Kaum hatte er etwas gefertigt, Tische und Stühle, da wurden sie schon schnell von jemand gekauft. Er hatte einen guten Umsatz, sicher machte er immer gute Stühle und immer die besten Tische. Es gibt noch heute viele von seinen Möbeln, verteilt über ganz Lopud.

Ich glaube, der Schreiner, wenn ich ehrlich bin, der wußte überhaupt nichts von den Walen, bei uns gab es doch nur Delphine und die sah man nur ganz weit draußen. Nur die Fischer getrauten sich aufs Meer hinauszufahren. Die Kürschnerin hat nicht einmal in ihrem Leben Delphine gesehen, die ist nie weiter weg als bis zum Dorfplatz gegangen. Manchmal habe ich geglaubt, sie wisse gar nicht, daß sie auf einer Insel lebt, und sie sei gar kein richtiger Mensch, sehe nur wie einer aus, als Tarnung, für irgend etwas anderes, aber ich wollte nie herausfinden, was das war. Ich hatte Angst vor ihr, vor diesem Sog, den sie um sich verbreitete, etwas Dunkles und Trauriges ging in ihren Schritten mit, wie eine einzige Verlassenheit wirkte sie auf mich, als zeige sich in ihr etwas, das noch tausend Male auf der Welt wohnte und auf eine geheimnisvolle Weise mit ihrem bloßen Gesicht gekoppelt war. Aber auch das habe ich nie näher beschreiben können. Sie sprach sehr selten, wußte noch nicht einmal etwas von den Tieren, deren Pelze sie verarbeitete, und auch nicht, daß die Tiere getötet werden mußten dafür. Sie fühlte sich allein für die Pelze zuständig, als gebe es diese nur für sich, nur für die Verarbeitung und für die schönen Damen.

Die Kürschnerin gehörte zu jenen Menschen, die einem, aus der Rückschau betrachtet, unwirklicher als Träume vorkommen. Vielleicht habe ich sie einfach nur erfunden, als ich noch ein Kind war, und dann nie mehr vergessen. Ich weiß gar nicht, warum, sicher nur wegen dieser roten Punkte auf ihrer linken Wange. Wie Kennzeichnungen sahen sie aus, Signalpunkte, die auch vom Mars oder aus einem unbekannten Flugobjekt noch aus allergrößter Entfernung erkennbar gewesen wären, es sein wollten, ich weiß nicht wofür. Manchmal habe ich mir so etwas gut merken können, diese sinnlosen Dinge, die niemand brauchte, wie die Kürschnerin selbst diese roten Punkte auch nicht gebraucht hat. Sie wäre auch ohne die Punkte sie selbst gewesen. Aber für mich, der ich da vorbeiging, an ihrem Fenster, hin zum Süßwarenladen, vorbei an ihrer Türe, an der nur eine einzige kleine kümmerliche Geranie einen Erdenplatz gefunden hatte, ich habe diese Punkte in ihrem Gesicht gerne gesehen. Sie waren für mich zur ängstlichen Kürschnerin geworden, mag sein, daß man sie auf diese Weise markiert hatte, für die Zeit der Zeit, wenn ein jeder gezählt werden wird, an seinen Pelzen und Röcken, an seinen Tischen und Stühlen, Bänken, Büchern und Sätzen.

Ich habe auch die Kürschnerin gekannt, sagte die Frau, und sie immer mit ihrem Haarknoten in Verbindung gebracht. Die Punkte, von denen du sprichst, sind mir gar nicht aufgefallen, die habe ich nie gesehen. Ich habe nach jedem Zusammenstoß mit ihr von zwölf Wesen geträumt, alle zwölf gab es jedes für sich und doch bildeten sie zusammen einen einzigen Menschen. Ich habe sie fortan auch tagsüber gesehen, als violette Lichtfunken, mitten in der Luft. Sie hatten lange schöne Mäntel an, aus echtem Linnen, irgendwie heller als die Sterne, vielleicht weil es Mittag war, und mittags schaute ich am liebsten zur Sonne hin. Die Luft fächerte sich durch die einzelnen Partikelchen zu meinem Gesicht durch, kam ganz nah an mich heran, bis ich spürte, daß ich zur Luft gehöre, ein Teil von ihr bin. Anfangs bemerkte ich es an der Nase, dann ging das Gefühl in das gesamte Gesicht über, die Ohren spürte ich erst am Schluß. Das Luftgewebe, obzwar ich ein Teil von ihm war, blieb für sich bestehen, vor meinem Gesicht lebte es für sich, es sah aus wie eine unter der Lupe vergrößerte Zeitungsnotiz, nur den Verhältnissen der Luft angepaßt. Alle Pixel waren bestirnt, mit einem Luftsaum. Der Saum tanzte, da gab es viele Farben und meine Augen wurden von innen geweitet.

Meine Mutter sagte, was siehst du nur immer in der leeren Luft. Aber die Luft war nicht leer. Die Linnenträger sind regelmäßig gekommen und sie haben ihre Tiere mitgebracht. Das habe ich alles vergessen, die Tiere, die Zwölf und die weichen Felle der vielen ihnen folgenden Katzen. Alles in der Luft, ganze Dörfer habe ich erkannt, Dörfer, die ich später im Erwachsenenleben durchschritten habe, ich habe sie erkannt, aber selbst nicht mehr gewußt, daß ich etwas bereits Erlebtes erkenne. Sie kamen mir vertraut vor, wie unser jetziges Haus, das ich schon gesehen habe, als ich dich noch gar nicht kannte. Ich habe die Zwölf gesehen und nirgendwo gab es dunkle böse Wölfe. Ein Wolf kam am liebsten in der Mittagszeit in meiner Luft vorbei, aber er war still wie eine fallende Schneeflocke, hatte ein weißes Fell und goldene Augen. Er trug ein Buch in seinen Zähnen herbei und überreichte es mir wie eine bewegliche Haut, etwas, das nur für mich erfunden worden ist, und ich nahm dieses Nur-für-mich-Erfundene, und die Wale gab es darin und mein Leben war darin, aber keine Einsamkeit, kein leerer Platz, keine Verlassenheit, sondern eine Welt voller Menschen.

In meinem Hof sah ich eine Rosenecke, mit vielen Farben, mit einem satten Rot, mit einem regennassen Rosa, mit einem mädchenhaften Weiß. Aber auch ein Pferd stand auf dem Hof, ganz hinten, unter der Linde hatte man es angebunden, die Sonne schien darüber, eine Hecke weiter, kniehoher Lavendel und unkümmerliche Geranien. Eine Buntnessel nach der anderen, wie an den Fensterbänken meiner früh verstorbenen Mutter, bunt, wie die Taschen meiner Großmutter, wie der gewebte Teppich, den sie nach dem Krieg schöner als je zusammensetzte.

Es ist bei mir wie bei allen gewesen, ich bin den Linnenträgern in meiner eigenen Kindheit begegnet, habe sie am Ende für eine Erfindung gehalten, für etwas Peripheres und von der Mutter Verbotenes. Habe darüber geschwiegen, es viele Jahre für einen Traum gehalten, meinen Garten, meine Rosen, meine Geranien, den weißen Wolf, das goldene Auge des Wolfes.

Sie gingen weiter und die Hügel schlossen sich einer an den anderen, wie zur Bestätigung ihres Spaziergangs eröffnete sich vor ihnen, auf der letzten zu Fuß erreichbaren Anhöhe, ein helles Plateau. Sie blieben stehen, sahen sich um. Ein unbekannter Mann kam auf sie zu, er hatte ein Herz aus Stein in der Hand. Er wollte es ihnen schenken. Aber die Eheleute bedankten sich höflich und sagten, wir gehen gerade spazieren, wir reden über unsichtbare Dinge, wir brauchen kein sichtbares Herz aus Stein.

Sie gingen so langsam weiter wie bisher und in der Ferne, hinter ihren Rücken, als sie weit genug gegangen waren, daß sie das Erlebte auch für einen eigenen Einfall hätten halten können, hörten sie, wie der Mann weinte, sein Herz aus Stein hielt er noch immer in der Hand, laut weinte er, als sei er nun für Jahre wieder allein dem Plateau und dem Zufall überlassen, in der verlorengegangenen Hoffnung, je wieder einem Spaziergänger begegnen zu können.

Auf dem Weg nach Hause trafen die Eheleute keinen Menschen mehr und beide schwiegen, bis sie zur Haustüre kamen. Es war dunkel geworden und die letzten Schiffe und

Barken kehrten in den Hafen ein. Ich weiß nicht, ob wir diese Aufgabe überhaupt richtig lösen können, sagte die Frau, wir sind doch nur wir selbst, mehr nicht.

Der Mann legte das Wörterbuch auf seinen Schoß. Das Paradigma haben wir auf jeden Fall gefunden, sagte er, ich glaube, der Steinbesitzer war ein Teil der Aufgabe, aber ich kann nicht sagen, warum. Er kam mir einen Moment lang vor wie eine andere Ausführung der Kürschnerin, seine Augen haben mich an sie erinnert, an die Art, wie sie vor ihrem Haus stand und sich immer gleich im Inneren versteckte, wenn ein fremdes Gesicht auf sie zukam, als könnte ihr jemand allein durch einen Blick die Luft zum Atmen stehlen.

# Die Patina des Zauberkästchens

Er trug schon immer dieses Kästchen mit sich, ging die Stufen hinunter zum Wasser, setzte sich bei den Kabinen auf die Treppe und sah hinaus auf die wogende blaue Weite des horizontzüngelnden Meeres. Das Kästchen machte er auf, sah hinein, pfiff vor sich hin und keiner fragte, was sich darinnen befand, in dem kleinen Kästchen. Nie hatte einer in es hineingesehen, nicht seine Eltern, nicht die Bewohner seines Ortes, nur er selbst. Er kannte sich mit nichts aus, nur über das Kästchen hätte er etwas sagen können, wenn er das Reden zum Leben gebraucht hätte.

In meiner Kindheit hat niemand etwas über seine Vergangenheit erzählt. Ich habe nur einmal jemand sagen hören, er habe auf den Hölleninseln gelebt, im kleinen Wald, und habe immerfort auf die Sonneninseln geschaut, tagsüber, am Abend sei er wieder in den Wald gegangen. Damals schon habe es das Kästchen gegeben, mit diesem grünlichen Überzug, als wäre es von Bedeutung gewesen, daß es aus Kupfer war. Dabei hat das Material nie eine Rolle gespielt. Der Alte hat niemand etwas von sich erzählt. Die anderen haben geglaubt, seine Wortkargheit richtig zu verstehen. Nur einmal, da soll er gesagt haben, das Kästchen sei sein Leben. Er hielt immer nur das Kästchen in den Händen, und eines Tages stimmte das auch, was er über das Kästchen gesagt hatte. Nicht ihm sahen die Leute ins Gesicht. Ihre große Aufmerksamkeit galt dem Kästchen.

Als ich zur Welt kam, war der Kästchenbesitzer ein alter Mann. Ich spielte mit den anderen Jungen Fußball. Wir warfen mit Sand nacheinander und oben auf der Treppe saß der

Alte mit seinem ganzen Besitz. Ich ging hin zu ihm und fragte ihn, ob es wahr sei, daß er auf den Hölleninseln im Wald gelebt habe. Er sagte, ja, so sei es eine ganze Zeitlang gewesen. Mir sah er dabei lange und tief in die Augen. Ich versuchte seinen Blick zu umgehen und sah selbst wie zur Ausrede auf sein Kästchen. Die Patina flimmerte grün. Ich wurde sehr müde, vergaß sogar, zu den anderen Jungen zurückzugehen. Sie spielten ohne mich weiter und gingen auch ohne mich nach Hause. Ich aber traf mich jetzt jeden Nachmittag mit dem alten Mann und fragte ihn nach seinem Kästchen. Ob es wahr sei, wollte ich wissen, ob sein Leben in diesem kleinen Behältnis wohne. Er sagte ja, das sei die Wahrheit und wegen dieser Wahrheit lebe er.

Ich schlief nun täglich neben ihm auf der Treppe ein, und wenn ich wach wurde, sah ich als erstes das sprachferne Behältnis. Sein Besitzer glich in diesen Augenblicken, in denen der Schlaf mich noch in seinem warmen Mantel geborgen hielt, jenen Wesen aus meinen Träumen, die nur aus Augen bestanden. An seinem Blick versuchte ich, mir Halt zu verschaffen. Der Rest seines Körpers kam mir nach dem Schlafen immer erfunden vor, als gehöre er doch einem ganz anderen Menschen, einem Fremden, neben dem ich mich zufällig eingefunden hatte. Das dachte ich oft vor mich hin, nach dem Wachwerden, und damals schon hielt ich nichts von Zufällen. Der Alte sagte, Zufälle seien doch wirklich etwas für Feiglinge. Dabei hob er das Kästchen gegen die Sonne, hielt es schräg in die Luft, als suche er mit seinem Blick nach einer Art doppeltem Boden.

Auf den Deckel des Kästchens hatte er zwei Vögel gemalt, in blauer Farbe, der Rest war rot, umrankt von grünen Zweigen. Einmal konnte ich einen Blick in das Innere werfen. Es schimmerte und funkelte darin, daß ich gleich an die

Elstern dachte, die vor meinem Fenster flogen und paarweise nach glitzernden Dingen forschten. Ein anderes Mal sah ich nur die Farbe Grün. Ganz tief war sie. Ich hatte für einen Augenblick das Gefühl, diese Tiefe und dieses Grün zu riechen.

Als der Deckel verschlossen wurde, verlor sich sofort der Geruch und ich konnte wieder normal atmen. Wieder bei einer anderen Gelegenheit und zu einer anderen Jahreszeit erblickte ich das erschütterndste Violett, das ich je zuvor zu Gesicht bekommen hatte. Der Alte nahm mich in die Arme, bis ich mit dem Weinen aufgehört hatte.

Wo er diesen Vorrat des Fremden hernahm und ob mich meine Augen nicht am Ende doch getäuscht hatten, beschäftigte mich die Abende und Nächte zu Hause. Meine Mutter dachte sogar daran, mir diese Treffen auf der Treppe zu verbieten. Ich hätte den Mann nie aufgeben wollen. Sie verbot ihn mir zum Glück nicht. Die Farben und Begebenheiten in dem Kästchen, von denen ich ihr anfangs erzählte, aber fand sie eigenartig beklemmend. Sie hatte Angst, zitterte sogar, wenn sie mit mir über die Zusammenkünfte mit dem Besitzer des Kästchens sprach. Bewußt mied sie meinen Blick. Sie hatte den alten Mann schon oft gesehen. Nie hätte meine Mutter es zugegeben, aber ich weiß, wie gern auch sie bei ihm auf der Treppe Platz genommen und hineingeschaut hätte, in das Leben des farbtauglichen Kästchens.

Im aufkommenden Herbst wurde das Kästchen von einer neuen Patinaschicht wie von unsichtbarer Hand gänzlich neu überzogen. Der Alte sagte, das geschehe jedesmal nach dem Sommer. Er sei schon daran gewöhnt. Mir aber wollte das alles nicht in den Kopf. Ich weinte wieder. Dieses Mal wegen der verschwundenen Vögel.

Es schien, als seien sie nie auf dem Deckel des Kästchens

gewesen. Dabei hatte ich sie noch genau vor Augen. Aber obwohl das Blau und die Flügel in mir verzeichnet waren, hätte ich niemals beweisen können, daß ich sie einst gesehen habe.

Er aber sprach nicht mit mir und er sagte nicht noch einmal, der Zufall sei etwas für Feiglinge, er sah einfach nur immer dem Horizont entgegen, als wolle er ihn mit seinem Blick weiter fassen, ihn weiter verlagern, in irgendein Land, das mir noch unbekannt war und das sich mir vielleicht nie zeigen würde. Er kannte es schon, wohnte dort schon, mit seinen Augen, mit seinem Blick und dem Wunder der Stille. Sein Schweigen war beharrlich. Wie ein Stück Erde schwieg er neben mir, bis ich, ohne es zu merken, mit einem mir noch selbst unbekannten, eigenen Schweigen begann.

Es war ein Schweigen, dessen Gesetze ich nicht kannte und in dem es viele andere Stimmen gab, die sich immerfort in meiner Stille einrichten wollten. Ich habe nicht gewußt, daß es so schwer ist, den Horizont, das Meer, die Möwen einfach nur anzusehen, ohne dabei an etwas anderes zu denken. Doch schon bald darauf sagte ich mir, es müsse einen Weg geben, mit dem Besitzer des Kästchens schweigend zu reden, ohne die vielen fremden Gedanken dazwischen.

Vielleicht habe ich gedacht, wie alle Kinder denken, wie genau ich auf diese Idee gekommen bin, kann ich von heute aus besehen nicht sagen, und wenn mich jemand danach fragen würde, fiele mir nur eine Lüge ein. Alles wäre dann eine Lüge. Jedes Wort, jeder Satz, jedes Komma, jeder Punkt zwischen ihnen.

Mir kamen die Möwen mit einem Mal seltsam vor. Sie beobachteten mich, wußten etwas über mich und entzogen mir ihre Sprache, damit auch ich sie nicht mehr verstehen konnte. Ich gebe zu, manchmal schlief ich auch an der Seite des Mannes plötzlich ein. Einer meiner letzten Gedanken vor dem Einschlafen war immer, daß sich nach meinem Aufwachen alle Farben neu besprechen, neu verteilen werden. Aber wenn ich dann wach wurde, war der Himmel immer noch blau, die Wiese grün, und auch alles andere schien unverändert. Und doch merkte ich mit der Zeit, daß etwas geschah. Die Zeit blieb stehen. Mein Schlaf zwang sie zum Stillstand. Nichts hatte sich gerührt, kein Mensch war im Augenblick meines Schlafs weitergegangen, kein Wind hatte die Palmen angeschrieen.

Ich sah, wie alles erst wieder bei meinem Wachwerden einsetzte, und die Patina auf dem Kästchen bekam in diesen Augenblicken eine doppelte Haut. Etwas Bewegliches zog in diese neuvibrierende Haut ein, als hätte ich die Zeit zwischen der alten und neuen Beschichtung berühren, ja in sie hineingreifen können.

Mein alter Freund sah mich bei diesen Gesprächen mit dem unsichtbaren Saum des Kästchens nie an und doch weiß ich, daß er mein Staunen genau wahrnahm, es sogar auf eine Weise vorausgesehen hatte. Meine hörenden Ohren und die Verwunderung über den Stillstand während meines Schlafes gehörten allem Anschein nach zum Zauberplan des Kästchens.

Es wurde Winter und das Kästchen schien nur noch aus der immer dicker werdenden Patina zu bestehen. Zu Hause erzählte ich nichts. Mutter sagte, das tägliche Hinausgehen müsse im Winter ein Ende nehmen. Aber der Winter wurde mild und nur selten schlief ich noch auf der Steintreppe ein. Der Horizont wandelte sich, die Farben gingen in ihn hinein und aus ihm hinaus. Ich sah es deutlich und auch das Wetter konnte ich riechen, die Wolken kamen, die Wolken verloren sich in dieser Schnur, auf die mein Kästchenfreund sah.

Nachdem ich diese Beobachtungen gemacht hatte, sprach ich dann einmal etwas aus. Es tat mir gleich leid. Ich sagte, der Horizont ist mit der Ewigkeit verbunden. Das sagte ich und ich sagte es laut.

Der Mann nahm das Kästchen von den Knien und steckte es wortlos in seine Manteltasche. Er verließ die Treppe und ließ mich zum ersten Mal seit unserer Begegnung stehen. Hilflos sah ich ihm nach. Es tat mir weh und ich spürte deutlich, daß manche Wörter leben, weil sie nie gesagt werden.

Ich blieb dort sitzen, alleine, auf der Treppe, und alles verlor sich irgendwie in mir und die Welt kam mir vor wie eine Generalprobe, mein Warten, meine stillegewendeten Worte. Ohne ihn und seinen Besitz kam ich mir wie jemand ohne Familie vor, wie einer, der nur herumsitzt und nichts zu tun hat. Nach Stunden erst stand ich dann schließlich auf und ging über die Insel. Den Alten fand ich nicht.

Damals hätte ich nicht sagen können, daß ich ihn gesucht habe. Aber genau das habe ich getan. Ich habe zum ersten Mal einen Menschen gesucht, dessen Namen ich nicht kannte und bei dem ich nie auf den Gedanken gekommen war, ihn danach zu fragen. So viele Male war ich neben ihm eingeschlafen, ohne seinen Namen zu wissen, so viele Nachmittage war ich bei ihm, mit meinem Kopf auf seinen Knien und mit meinen Ohren an seinem Kästchen.

Vor mir tauchte eine kleine Barke auf, die Männer sprangen an Land und nur der Jäger blieb auf dem Wasser. Bevor er lossegelte, sprang ich zu ihm ins Boot. Er durchsuchte jeden Winter den Wald der Hölleninseln und ich ging einfach mit, fragte ihn, ob das in Ordnung gehe. Der Jäger sagte, das gehe in Ordnung, aber ich dürfe dort im Wald nichts reden, das scheuche alle Tiere weg und er fahre hinaus zu den Inseln, um den Bestand zu erforschen. Da schon nickte ich nur und ging mit, um den Wald zu sehen, in dem mein Freund von der Treppe gelebt hatte, bevor er auf unsere große Insel gekommen war.

Die ganze Überfahrt dachte ich nur an ihn. Als der Horizont sich mehr und mehr entfernte, wurde mir schwer ums Herz. Wenigstens verwandt mußte doch der Horizont mit der Ewigkeit sein. Eine Art Verwandter. Sein Bruder. Sein Sohn.

Das Meer war laut und neben uns tauchten heimkehrende Fischer auf, die uns vor dem Aufkommen eines Sturms warnten. Sie sagten, das sei nichts, heute zu den Hölleninseln zu fahren, das sei wirklich nichts. Es sei besser, gleich umzukehren. Da ich schon mit dem Schweigen begonnen hatte, schwieg ich weiter und der Jäger hob nur den Kopf ein bißchen in die Höhe, als wollte er ihnen sagen, ihr Feiglinge, kehrt ihr nur heim in eure warmen Betten.

Wir segelten weiter und dann betraten wir wortlos den Wald. Ich sah das schimmernde Grün der Baumwipfel, und der Geruch kam über mich wie eine Welle. Erklären kann ich das nicht, aber es roch hier genauso wie einst in dem wandelbaren Kästchen. Die Elstern flogen neben uns her, und ich prüfte meinen Reißverschluß, ob er wirklich sehr glitzere.

Der Jäger ging mit seinem Gewehr voraus. Mit einem Mal hatte ich keine Freude mehr daran, ihm einfach nur zu folgen. Mir kam der Wald vertraut vor und ich erinnerte mich an meine Großmutter, die vom Wald wie von einer Tante sprach, die noch nicht geboren war, die aber alle bei uns willkommen heißen werden, die das schon die ganze Zeit üben, diese besondere Begrüßung, die ich nie richtig verstanden habe, weiß auch nicht warum.

Ich dachte da wie ein Erwachsener, ich dachte, eine Tante

hat man oder hat sie nicht. Die wird ja nicht nach mir geboren. Aber dennoch fiel mir diese noch ungeborene Tante ein, als ich auf einer der Hölleninseln umherging und das Grün gab im Innen nach, so, wie ein Boden nachgeben kann, und dann steht man woanders, mit einem Fuß in einer anderen Tiefe und als Maß der andere Fuß, an einer höheren Stelle, die der Wirklichkeit zuarbeitet und sie mißt.

Der Schwindel kam wieder zu mir, wie ein rennendes Pferd war er wieder in meiner Welt. Keine Ahnung, warum ich ihm nicht Einhalt bieten konnte, ein rennendes Pferd ist sehr schnell und mein Wortschatz hat mich auch in diesem Augenblick verlassen, das Alphabet war ausgewischt, als hätte mich jemand mit einem großen Schwert von ihm abgetrennt.

Als ich wach wurde, war es tiefe Nacht. Der Jäger hatte mich offenbar nicht gefunden und war längst wieder zurückgesegelt, ist gut möglich, daß er doch mehr von warmen Betten hielt, als er vor den Fischern bereit war zuzugeben.

Ich nehme an, daß er mich gesucht hat. Meinen Namen kannte er nicht, ich weiß deshalb auch gar nicht, wie er mich hätte rufen können. Mein Name kam mir in dieser Nacht wie etwas umsonst Erfundenes vor. Er war unbrauchbar geworden in diesem Wald, in dem ich an eine imaginäre Tante dachte, an die ich selbst nie geglaubt hatte und die mir immer nur als Erfindung meiner einsamen Großmutter erschienen war. Diese erfundene Verwandte habe ich nicht gesehen. Niemand wohnte da und auch die Tiere hatten diesen Ort gemieden.

Warum man aber diese Inseln Hölleninseln nannte, begriff ich erst viele Jahre später, als der Alte mir das Kästchen vermacht hatte und die Patina abgegangen war. In einem aufkommenden Frühling geschah es, da starb er einfach so, und mich packte das Wundern wie einen anderen das Grauen.

Wir hatten wieder lange nebeneinander auf der Treppe gesessen und manchmal war ich noch eingeschlafen, an seinen Knien, mein Ohr am Deckel des Kästchens. Ich brauchte ihm nichts zu sagen. Wie ich wieder aus dem Wald und von der erfundenen Tante weggekommen war, habe ich ihm nie erzählt. Ich traute mich nicht. Seitdem ich das eine Wort in seiner Nähe gesagt und er Reißaus genommen hatte, kam mir jeder meiner Sätze verdächtig vor und ich fand es besser, einfach zu schweigen.

Als er starb, war ich bei ihm. Es war nicht auf der Treppe. Es war in seinem Haus. Ich bin nachts von ihm gerufen worden, ja, anders kann ich es nicht sagen. Mitten in einem violett ausstaffierten Traum bin ich wach geworden, habe mich angezogen und bin wortlos zu seinem Haus gegangen.

Er sah zur Türe, sah mich eintreten, nahm mit der Rechten meine Hand und hielt sie lange, mit der Linken griff er nach dem Kästchen und drückte es mir in die Hand. Ein Testament hatte er nicht. Das Haus rissen sich später Fremde unter die Nägel und rauchten abends Joints und Pilze darin. Ich begrub ihn ohne einen Priester, er hatte mir nichts angeordnet. Die Erde war seine einzige Freundin. Und wenn er mir das Kästchen nicht gegeben hätte, wäre es auch unter die Erde gewandert. In die Nachbarschaft der Baumwurzeln.

Ich trug es danach immer bei mir. Lange sah ich nicht in das Innere des Kästchens. Ich saß einfach an den Nachmittagen an der Treppe, sah hinüber zu den Hölleninseln, niemand war bei mir, meine Mutter starb, mein Vater starb und meine Geschwister wanderten in andere Länder aus. Das Kästchen überlebte sie und viele andere Verwandte. Auf den Horizont sah ich hinaus, zu der Stelle, die sich dem Auge entzieht und

Meer und Himmel miteinander vermählt. Lange saß ich so da und nicht einmal schlief ich ein. Die Jahre vergingen, die Jugend zog dahin, ich wurde erwachsen, alt und grauhaarig. Mit keinem redete ich etwas. Dann traute ich mich endlich, in das Kästchen hineinzusehen.

Ich öffnete es langsam, wie einen Schatz, in dem das Erbe aller Menschen wohnt, und ich sah hinein in dieses Erbe, sah dem Erbe ins Gesicht. In meinen Ohren weitete sich etwas. Der Schwindel kam, ich fiel nicht hin, ich blieb so sitzen, den Blick auf das Innere des Kästchens gerichtet, die Ohren dem Schwindel entliehen, ich wartete, daß etwas geschah, und schloß das Kästchen wieder.

Jetzt wußte ich, warum der Alte es nie loslassen wollte, warum er es immer so zärtlich in seinen Händen hielt. Mit meinen Fingern strich ich die Patina weg, und das Kästchen leuchtete wieder rot, die beiden blauen Vögel sahen lebendiger aus denn je. Die grünen Zweige wirkten auf mich wie soeben gemalt. Gegenüber, auf den Hölleninseln, strich der Wind über die Wipfel der Bäume, dort, wo das Schweigen zu Hause ist, strich er wissend über ihre scheuen grünen Kronen.

## Spielarten einer Katzenballade

Ich sagte ihm, es sei nichts dabei, man könne von der einen Welt in die andere reisen und von der einen Katze zu der anderen sehen, es bleibe das gleiche Leben. Er sah dabei fremder aus als sonst. Ich kann nicht sagen, warum, aber ich habe ihn gleich geküßt. Vielleicht, weil ich nicht wollte, daß er etwas sagte, worauf ich keine Antwort gewußt hätte. Später habe ich mich gefragt, warum ich das Küssen dem Reden vorgezogen habe, aber sagen kann ich es bis heute noch nicht.

Er war auf unsere Insel Lokrum zurückgekommen, aus Mexiko, hat er behauptet, warum, das habe ich nie erfahren. Mit sich brachte er eine neue Luft, mir hat er gleich gefallen. Als dann die Katzen seine Begleiterinnen wurden, habe ich ihn täglich aus der Ferne beobachtet. Ich habe bald verstanden, daß es schwer ist, einen solchen Menschen auf Dauer im Auge zu behalten. Ob ich etwas versäumt habe, kann ich gar nicht sagen. Mir ist nie die andere Seite des Lebens gezeigt worden, aber daß es sie gegeben hat, das weiß ich sicher.

Die Katzen sind auf der Insel und bei mir geblieben. Der Mann war irgendwann wieder gegangen, nach Australien, sagten die Leute, die das von ihm selbst gehört haben wollten. Ich habe gar nicht wissen wollen, wohin einer geht, der mit den Katzen gesungen hat, und ich gebe zu, daß ich es schöner gefunden hätte, wenn er lange oder auch für immer auf Lokrum geblieben wäre.

Die Katzen sind ihm gleich am ersten Tag seiner Rückkehr schon am Hafen um die Beine gestrichen, beharrlich, als hätten sie schon lange auf ihn gewartet. Er gab ihnen nichts zu essen, keinen kleinen und keinen großen Fisch, von ihm wollten sie etwas anderes haben. Zu pfeifen hat er gleich am zweiten Tag angefangen, nur für die Katzen, ein Lied nach dem anderen, und sie sind zu ihm geströmt wie zur Muttermilch am Morgen. Als ich ihn getroffen habe, war er schon in Dubrovnik und auch auf den anderen Elaphitischen Inseln bekannt für die Gefolgschaft der Katzen.

Auf eine Art pfiff er vor sich hin, daß die großen und die kleinen Katzen einfach zu ihm gingen, als hielte er einen Magnet für sie bereit, ein Mikrofon, in dem ihre Katzenträume gespeichert waren. Mir hat er nie das Geheimnis dieser Musik verraten, aber ich habe mit meinen eigenen Augen gesehen, daß die Tiere seinem Pfeifen erlegen sind. Eine richtige Katzenversammlung hielt er ab, und das, ohne je ein Wort zu sagen.

Eine der Katzen fing an zu miauen und die anderen taten es ihr nach, Tag für Tag, immer das gleiche Bild. Die Leute auf dem Markt waren schon auf die Katzenmusik eingestimmt. Und wenn die Katzen nicht gleich in der Frühe auf dem Platz erschienen, kratzten die Markthändler sich am Kopf, fragten sich, ob der Katzenmann die Insel wieder verlassen und die Tiere sich selbst überlassen habe.

Eine ganze Weile enttäuschten die Katzen die Insulaner nicht, sie kamen auf den Markt, hielten unter der Leitung des Pfeifenden ihre Konzerte ab und zogen am Mittag in Richtung des Salzsees, dem die Leute den Namen »Das tote Meer« gegeben hatten. Vor dem Benediktinerkloster blieben sie lange stehen, aber niemand sah aus den Fenstern hinaus. Am Fort Royal legten sie sich schlafen und das Pfeifen verstummte mit ihren schnurrenden Träumen.

An den Nachmittagen bin ich zum Fort Royal gegangen und habe den schlafenden Katzen zugesehen, ihre Bäuche und Ohren atmeten langsam vor sich hin. Der Rückkehrer sah unter seinem Hut zu mir herüber. Das Meer hörten wir in der Ferne, es schien aus unserem eigenen Bauch zu uns heraufzutönen. Ich lehnte mich an die Knie des Mannes, und er legte seine Hände auf mein Haar. Die Katzen sahen es gleich und ich hätte schwören können, daß sie mich bewachten, sagte aber nichts. Er pfiff etwas vor sich hin, dieses Mal nur für mich, und ich döste im Sand neben ihm.

Nie ging er fort, solange ich an ihm lehnte. Stand ich auf, erhob auch er sich gleich. Manchmal küßte er mich unvermittelt. Ich schwieg dazu, ich habe nie gewußt, was man sagen soll, wenn die Lippen sich berühren. Im Rücken fühlte ich die vielen Katzenblicke. Um zu sehen, ob sie mich wirklich im Auge hatten, drehte ich mich um. Sie schliefen schon lange nicht mehr und beobachteten uns die ganze Zeit. Jetzt löste nicht nur das Pfeifen, sondern auch unser Küssen eine Ballade aus, ein neues Katzensingen, eine neue Melodie.

Er und ich sprachen nie miteinander, außer beim Küssen, da sagten wir uns etwas. Ich habe es beim Küssen immer gewußt, was es ist, dieses Etwas. Danach habe ich es nicht mehr erinnern können. Es verschwand immer mit den verschwundenen Küssen. Die Katzen waren beständig da, folgten ihm und uns, blieben an unseren Fersen, als gehörten sie zu unseren Füßen dazu.

Wir gingen im Fort Royal herum, sahen zu den fliegenden Möwen, zu ihren Schnäbeln, zu ihren Augen. In meiner Erinnerung war es damals immer Sommer, die anderen Jahreszeiten waren ausgezogen, einfach fortgegangen, in die Leben der anderen Menschen.

Später, als er weg war, habe ich lange Sehnsucht gehabt, die schlimme Sehnsucht, die von Rissen und der glazialen Kälte des Alleinseins umsäumt ist. Aber er kam nicht mehr zurück. Lange hatte ich geglaubt, er würde bald wieder am Hafen stehen, mit seiner rechten Hand einen kleinen Koffer halten und mit der linken die Katzen begrüßen. Ich habe mir Dinge vorgestellt, die nie Dinge geworden sind, und manchmal habe ich Angst, daß meine Gedanken sich einmal doch verwirklichen werden und ich mit dem Auskehren der Vergangenheit nicht mehr zurechtkommen werde, wenn die Dinge tätig werden, denn mich bräuchten sie dafür nicht und wären dennoch zu Hause in meinem Leben.

Die Katzen gingen nicht mehr zum Marktplatz, und wenn sich eine von ihnen dorthin verirrte, dann scheuchten die Händler sie weg, die ihnen noch vor kurzem aufmerksam zugehört hatten. Mir erschien die Zeit der schlimmen Sehnsucht sehr lang. Ich dachte oft, daß es schön wäre, in das Wasser zu gehen und die Stelle des Meeres zu finden, an der es diese Tiefe gewonnen hatte und nun die Erde mit seiner Unermeßlichkeit beherrschte.

Aber ich hielt diese Sehnsucht aus und ging im Fort Royal umher, Tag für Tag, ohne jemals auf den Gedanken zu kommen, daß ich die Sehnsucht auch sich selbst hätte überlassen können. Wenn es mir nur nicht immer so gut gelungen wäre, alles auszuhalten, wäre die Sehnsucht vielleicht etwas anderes geworden. Eine Ahnung, ein gelungener Tag, ein wahres Komm-her-zu-mir-Gefühl.

Anfangs merkte ich nicht einmal, daß die Katzen mir bei diesen Spaziergängen folgten. Behende Teile der Luft waren sie und gaben keinen Ton von sich. Oben, auf der Festung, blies ein starker Wind. Es muß doch Herbst oder Winter gewesen sein, in diesen Tagen, das merkte ich an meiner Strickjacke, an den dicken Wollsocken und daran, daß meine Haare nicht mehr so schnell an der Luft trocknen konnten.

Von den Verteidigungsmauern des Fort Royal sah ich auf die Altstadt von Dubrovnik. Ich fragte mich, wer die zweihundert verschiedenen Kakteenarten aus Amerika und Australien nach Lokrum gebracht hatte, und der Wind kam auf, draußen und in mir selbst, an der Stelle, an der die Sehnsucht im Menscheninneren an einem Hafen, an eigenen Schiffen und Schiffsmasten baut. Immer kam der Wind auf, wenn ich mir solche Fragen stellte und die Ankerplätze der Sehnsucht mich streiften. Der Wind, als hätte er die Hände eines Mannes, warme, feine Hände, öffnete meine Strickjacke. Und ich dachte an den Abgereisten, den in Abschieden geübten Mann, den ich nach dem Küssen immer lange wortlos angesehen hatte.

Vielleicht bin ich in diesem Augenblick auf die Idee gekommen, mit meiner Stimme zu reden, ich fing einfach an und stellte ihr Fragen. Ich wollte wissen, wo er jetzt war, und meine Stimme sagte, das viele Fragen gehe nicht gut aus. Dabei hatte ich weder einen Anfang noch ein Ende im Auge, ich wollte nur wissen, ob das Wollen einen Sinn macht oder ob das Küssen *für immer* eine Sache der Vergangenheit war. Außer ihm kannte ich niemand sonst, den ich hätte küssen wollen.

Meine Stimme trennte sich von mir, ging oben am Fort entlang, wenn ich unten in der Ebene mit meiner Erinnerung lebte. Die Katzen aber gingen immer mit mir, das sah ich einmal, als ich mich umdrehte, um der Stimme, die noch vor kurzem meine eigene gewesen war, auf wiedersehen zu sagen. Die Katzenaugen funkelten. Ich hob meine Hand. Wie ein Dirigent hob ich sie hoch. Dabei spürte ich die Luft zwischen den Fingern, gleich einem Palmblatt führte ich meine

Hand durch die Luft. Aber vielleicht führte die Luft auch mich und ich habe nur gedacht, daß ich allein handle. Die Anführerin der Katzen fing an zu miauen, ganz leise, als rufe sie nach mir, damit ich komme und sie streichle. Die anderen Katzen taten es ihr nach. Wir gingen gemeinsam wieder zu der Festung und ihre weichen Felle schimmerten bläulich im Licht.

Meine Stimme erlaubte sich, eine ganze Weile fortzubleiben. Ich aß Orangen von den Bäumen und auch über die Nächte blieb ich oben auf dem Fort Royal. Ohne meine Stimme wollte ich nicht mehr hinunter und in die Ortschaften gehen, hin zu den Gesichtern und ihren Mündern, ihren Augen, die mich in der Begleitung des Pfeifenden gesehen hatten. Ich rief nach meiner Stimme, sehr oft, auch in den Träumen, das hörte ich am Nachhall, der mich am Ende immer weckte und mich fragen ließ, wo ich mich eigentlich befinde.

Die Stimme sagte, man kann nicht einfach sich selbst zurückverlangen. Alles verändert sich. Die Stimme ist das Organ der Veränderung. Man müsse etwas für sie tun. Sie grüßen zum Beispiel. Wie einen Oleanderzweig. Ich fragte mich, wie ich einen Oleanderzweig grüßen würde, wenn es darauf ankäme, wenn davon die Rückkehr meiner Stimme abhinge. Haben Stimmbänder Trugdolden und wäre dieser Gruß ein Gesang? Ein leise gesagtes Wort? Eine Zärtlichkeit in meinen Gedanken, in meinen Fingerkuppen?

Die Katzen schnurrten um mich herum. Ich muß eingeschlafen sein, an jenem Abend, an dem meine Stimme von allein zu mir zurückgekehrt war. Die Katzen standen in einer Reihe vor mir, eine nach der anderen, fünfzig Katzen, abgestützt auf ihre Vorderpfoten, und sahen mich an, sie warteten auf das Zeichen.

Ich hob die Arme in die Höhe und ein Regen kam, als hätte ich ihm die Erlaubnis erteilt. Die Katzen blieben an Ort und Stelle, sahen mich an. Über dem Meer regnete es sich aus. Als der Regen aufgehört hatte, gingen wir hinunter. Die Katzen blieben bei mir und ich merkte gar nicht, daß aus der schlimmen Sehnsucht die Gegenwart geworden war, bestückt mit all diesen leuchtenden Augen, die alles in mir zu sehen schienen.

Die Katzen gingen manchmal auch ohne mich zum Markt hinunter, die Fischer gaben ihnen eine Kleinigkeit, einen Fischkopf, ein Stückchen Schinken, aber sie schnupperten lediglich daran und ließen es stehen, miauten einfach nur auf dem Marktplatz unter dem alten Lorbeerbaum und die Marktleute ließen sie gewähren.

Keiner sagte etwas gegen die Katzen, sie warteten das Ende des Tages ab und kamen zurück zu meinem Haus, blieben vor der Tür stehen, bis ich ihnen öffnete. Drinnen fand jede Katze ihren eigenen Platz. Ich blieb zwischen ihnen im Wohnzimmer stehen. Die Straßenlampen leuchteten draußen. Das Meer war zu hören. Irgendwo am Ufer kehrten die Fischer heim und brachten ihren Fang mit, um den die Katzen und ich uns nicht scherten.

## Die Wiederkehr des Esels

Vom Berg kam er herunter, von der Vidova Gora, und wie das geschah, das möchte ich erzählen. Ich tauge nicht wirklich als Zeuge. Aber ich habe es gesehen, Happah hat seinen alten Hirtenstock bei sich gehabt. Daran habe ich ihn erkannt, einen langen Mantel trug er, aus hellem Leinen, wie ein normaler Mensch, dabei hatten wir ihn gerade mal zwei Tage zuvor feierlich zu Grabe getragen. Der Südwind hat geweht, stark und ohne Unterbrechungen, drei Tage und drei Nächte, und vielleicht waren es auch einige mehr.

Happahs Mantel hat Musik gemacht, die ich nicht hören, aber spüren konnte, also wäre es richtiger zu sagen, ich hatte eine Ahnung von dieser Musik, denn sie sprach zu mir in ihrer eigenen Sprache. Mir ging dieses tanzende Leinen nicht mehr aus dem Sinn, die ganzen Stunden danach, Tage im Grunde, sah ich es vor mir und das Innere dieser Sprache machte in mir eine Welle, die sich im Uhrzeigersinn drehte, so, als seien mir im Lungenbereich neuartige Zeiger installiert worden, vom Südwind, der bloßen Luft oder von wem auch immer.

Es war Frühjahr, die Macchia hatte sich gerade in ein Blütenmeer verwandelt, Ginster, Erika, Lorbeer, Salbei, Erdbeerbäume, Wacholder, Mastyxsträucher, Myrte und Pistazien zeigten sich im Gewand ihrer neuen Gesichter. Happah hat sehr lange geschwiegen. Ich selbst habe ihn anfangs nie ein Wort sagen hören, aber ich sah, daß er sich mit den aromatischen Harzen und den ätherischen Ölen der Pflanzen unterhielt. Mag sein, daß er das auf der anderen Seite in zwei Tagen gelernt hat, oder er hat es schon immer gekonnt und erst jetzt gezeigt. Ich selbst hatte ihn so noch nie reden hören, mit dieser Stille in seinen Augen, hinter denen etwas Unvermitteltes lebte. Vielleicht hat es gar nichts mit einem Wunder zu tun, nur damit, daß Happah vom Himmel wieder auf die Erde zurückgeschickt worden war.

Er war selbst einverstanden damit. Dabei hatte er immer gesagt, er finde den Tod gut und der Gedanke an eine Rückkehr auf die Erde mache ihn von den Fußzehen her unruhig. Allein das Wiederholen der Alltagsgesten schien ihm schwer vorstellbar, das ganze Leben irgendwann noch einmal wiederholen zu müssen, in all diesen Wiederholungen zu leben, das fand er schlimm, das hat ihm Angst gemacht. Wenn die Jugendlichen auf den Steinen saßen und die wenigen Karststellen mit ihrem hellen Lachen ausgefüllt waren, verbot er ihnen, über so etwas zu reden. Am Ende wird für den Kopf alles wahr, was der Mund sagen kann, flüsterte er, kaute auf seinem nichtvorhandenen Gebiß und ging, die Hände im Rücken, davon. Der Esel ging ihm nach, damals, als er ihm noch ebenbürtig war.

Happah hat den Esel in eine Erdhöhle gestoßen, eines Tages, nach einem Spaziergang in den Weinbergen. Keiner kennt den Grund dafür. Es war Sommer, die Inselgäste kamen in Scharen, ein System ging zugrunde, draußen, in der Welt der Systeme.

Er hatte Wut im Bauch gehabt, Fäuste im Bauch, und im ganzen Leben. Der erste Todestag seiner Frau rückte heran, der Kalender und sein Herz zeigten es ihm, die Leere, die große Lücke und auch der Zorn, diese gebunkerte Rakete, wies ihn darauf hin. Zwei Tage gab er dem Tier nichts zu essen, schlug es mit seinen Füßen, schlug ein auf den Esel, mit Steinen, nahm alte Stühle zur Hand, schlug auch mit ihnen, auf den Kopf, auf die Stirn und hinterrücks, auf die Kniekehlen. Er gab ihm kein Wasser. Die Augen des Esels machten Happah verrückt. Er dachte gar nicht daran, den Durst des Tieres zu löschen.

Es war ein Sommer, wie alle Sommer waren, es war warm und schön, heiter die Wolken, es war mild und träumerisch und auf den Zypressen sangen die Vögel. Die Augen des Esels guckten immer nur geradeaus, fortwährend treu, und im linken Auge klebte warm und feucht der Rest des Schlafs, als Happah ihn aus dem Stall führte, vor dem Haus anband und sah, wie das Tier einknickte, in sich zusammenfiel, als übergebe es dem Besitzer, dem Menschen, sein Leben.

Happah hat dann den Esel zur Erdhöhle getrieben, mit einem großen Stock, der seit Jahren für die Abwehr der Wölfe an der Türe stand. Mit diesem Stock schlug er den Esel und trieb ihn vor sich her, bis zum Rand des Ortes. Dann stieß er das ruhige Tier in die Erdhöhle. Happah sah nichts, er war blind vor Zorn. Das Tier brach sich ein Bein. Es ging schnell. Das Geräusch gebrochener Knochen war zu hören. Es heulte ein wenig. Niemand hörte es. Happah ging nach Hause und nahm sich selbst das Leben. Die Nachbarn und Freunde hatten erst gar nicht bemerkt, daß auch der Esel verschwunden war. Als sie es wußten, weinten sie nicht. Sie waren geübt im Gehorchen. Es hieß, um einen Esel dürfe ein Mensch nicht weinen.

Nach seiner Rückkehr hat Happah lange am Goldenen Horn gestanden, die Hände auf dem Rücken, wie er das früher schon getan hatte, wenn er nachdachte, wahrscheinlich über sich selbst. Eine von den Bäumen beschützte Stille war seine einzige Nachbarin. Seine Hände und der Rücken schienen eine Einheit zu sein, die Stille beidem zugehörig, er und seine Gedanken waren allein unter den Kronen der

Bäume. Der Kreidekalkstein war sein alter Bekannter, seine Ähnlichkeit mit dem Marmor hatte einst der Kaiser Diokletian geliebt. Der römische Kaiser hatte sich daraus einen großen Palazzo gebaut, in dem noch heute Menschen wohnen. Happah hingegen hat gar nichts gebaut, schon in seinem vorherigen Leben nicht, er hat alles weggegeben, verloren, vergessen und am Ende hat er den Esel in einer Minute ermordet.

Bevor er den Esel tötete, ist er ein Spaziergänger unter vielen gewesen, ein Geher, der sich in den ausgedehnten Pinien- und Föhrenwäldern zu Hause fühlte. Das Tier hat ihm die Insel Brač erschlossen. Es führte ihn immer zu den Schafsherden, die unter den Weinbergen in der Sonne standen und ihm mit großen Augen entgegensahen. Wie ein dort hingestelltes Inselbild wirkten sie, mit Feigen, Kirschen und Oliven im Rücken.

Happah stand am Goldenen Horn, war allein mit seinem Sprechvermögen, es half ihm nicht, daß vieles schon vor ihm, vor seinem Leben gesagt worden war, daß die Illyrer hier gewesen waren, die Römer, daß die Herrscher gewechselt haben, wie Frauen ihre Unterwäsche wechseln, es half ihm nicht, daß hier schon Schlachten entschieden worden waren, wem sollten Schlachten auch helfen, in der Gegenwart halfen sie schon nicht, zerstörten noch im Rückblick die Vergangenheit und hatten nur einen dunklen Schatten übrig für alles, was einmal Zukunft werden sollte, geworden wäre, wenn die Armeen nicht die Wörter gestohlen und an sich gehängt hätten, ein Wort wie Befreiung, ein Wort wie Volk.

In Bol ist Happah zur Schule gegangen, aber zur Welt gekommen ist er in einem kleinen Ort namens Murwiza, im Leben vor dem Leben, das ihn als einen bereits Erwachsenen installiert hatte, als einen Menschen ohne Kindheit und Jugend. Gleich war er jemand mit Gedächtnis geworden.

Gleich kam er vom Berg herunter, von der Vidova Gora, dem Berg der Sylphen. Auf der Insel ist so etwas noch nie vorgekommen. Einer ist immer der erste, sagte Happah, und als er das sagte, sah er nicht aus wie jemand, der Esel tötet.

Er schaute still, wie nur ein Fluß schauen würde, wenn er Augen hätte. Ich weiß nicht, was Happah oben auf dem Berg gesehen hat und ob er da eine Sprache gelernt und gehört hat, die wir, auf dem Festland der Wörter, nie lernen, nie hören, ob er da etwas gelernt hat über sich, das ihm diese Stille eingab. Mir ist vorgekommen, er sei ein Teil auch meiner Taten geworden, und wer bin ich schon, ein einfacher Beobachter im fortgeschrittenen Alter mit ersten ausgefallenen Zähnen.

Ich selbst war nie oben, auf der Vidova Gora. Mir ist niemand begegnet, der wirklich auf dem Gipfel gewesen ist. Alle hatten es versucht, alle, die etwas auf sich hielten, wollten einmal oben gewesen sein. Nicht daß dieser Gipfel hoch oder besonders schwer zu erobern gewesen wäre, nein, aber alle sind ohne Erfolg zurückgekehrt, wurden von einer unsichtbaren Kraft zurückgetrieben, frierend, ausgedünnt von den Winden.

Ein Alter aus der Stadt sagte, Happah sei gar nicht gestorben. Er sei lebend im Sarg in die Erde gelegt worden. Es ist eine Idee, die der Alte hat, er glaubt, daß es Vampire gibt und Räuber, die wir nicht sehen. Happah sagt, es stimme, solche Banditen gäbe es, ganz viele, und wir könnten sie wirklich nicht sehen. Das hat aber nichts mit ihm zu tun, dem Mörder des Esels, und schon gar nichts mit dem Berg, dem Hüter der Sylphen.

Niemand hat die Sylphen gesehen. Die Wolken und der Wind waren seit jeher ihre Botschafter, die Vehikel ihrer Wörter und Sätze, durch die sich die Luftgeister zu erkennen gaben. Happah sagt, sie seien so schnell wie ein Lichtstrahl, schneller noch, ihr Arbeitsplatz ist die Luft, das Innere der Luft, und die Gärten unter den Winden.

In der Stille der Wälder kann man die Sylphen manchmal hüsteln hören. Auf Waldlichtungen halten sie sich mit Vorliebe auf, in den Olivenhainen und in schönen Gärten. Ihre richtige Heimat ist der Osten. Sie haben einen König. Er steht aufrecht in Luftwirbeln und unterrichtet sie im Fortlauf des Alphabets. Wie Meereswellen steigen diese Luftwirbel senkrecht in die Höhe und die Sylphen verneigen sich vor ihrem König, in Demut und Würde verneigen sie sich vor ihm, mit ihren luftgewaschenen Herzen.

Happah muß einem solchen Herzen entstiegen sein, einer Luftspiegelung der Sylphen. Er schritt den Berg hinunter, in ihrem Schutz. Langsam, Stück für Stück, die Schluchten und die karstigen Wege kannte er alle noch. Auswendig kenne ich sie, dachte er, als er abstieg. An der Bucht sah er nicht nur das an ihm und in ihm Geschehene, er sah in das Verkehrsnetz der Gedächtnisse, in die Gedanken der Insulaner, und auch die Toten tragen noch ihre irdischen Namen.

Nur die Erinnerung der Fremden konnte er nicht lesen. Aber dafür war er dankbar. Was folgt dem großen Vergessen, fragte sich Happah und sah, daß ihm sein Esel fehlte, daß er seine Tat nicht vergessen konnte. Die Erdhöhle lebte auf, das Bild des toten Tieres, wie es verdurstet, mit gebrochenem Bein, das Bild kehrt zurück und ist wie er selbst wieder am Leben.

Im Himmel hatte er ein Versprechen abgegeben, vor Aufregung, eine neue Chance zu bekommen, hat er nicht so genau hingehört, was im Vertrag festgehalten wurde. Auf der Insel wurde ihm alles wieder bewußt. Eine Frau durfte er nicht heiraten. Schimpfen war verboten. Zigaretten und andere

Gifte, streng untersagt. Um ein Dach über dem Kopf mußte er sich selbst kümmern. Sein einziger Besitz sollte seine Erinnerung und ein junger Esel sein. Am Beschlußtisch des Himmels hatte es geheißen, das Tier werde ihm zulaufen, wenn es soweit sei, wahrscheinlich hinter der Bucht, nach Sonnenuntergang.

Die ersten zwei Monate geschah nichts. Happah weinte sogar, er hatte keine Bleibe und ohne Esel konnte er seine Aufgabe nicht erfüllen. Zurück an den Beschlußtisch wollte er nicht. Ich glaube, daß Happah sich das ganz einfach vorgestellt hatte. Er dachte, gleich bei seiner Rückkehr stünde der Esel da und alle Menschen wüßten, daß er Happah war, der alte Mann, der seine Frau so früh verloren hatte. An seine Ernährung und die Bedingungen der Zeit hatte er überhaupt nicht gedacht.

Ich habe gute Gründe anzunehmen, daß im Himmel überhaupt kein Hunger herrscht. Und daß die zur Erde Reisenden, aus dem Blickwinkel des Himmels kommend, einiges hier unten auf der Erde wieder vergessen. Happah war ein Opfer üblicher Mißverständnisse zwischen Himmel und Erde. Hinzu kam, daß er oben bei seiner Abreise an dem großen weißen Marmortisch seinen Willen liegengelassen hatte.

Jetzt saß er Stunde um Stunde auf Brač und fragte sich, warum der so genau durchdachte Plan hier nicht funktionieren wollte. Abends ging er über die Felder und nahm sich von den Bäumen Johannisbrot und ein paar Feigen, breitete sie vor sich aus und aß die Früchte ganz langsam, als nehme er eine ganze Mahlzeit zu sich. Die Hände auf dem Rücken, machte er einen Spaziergang. Am Horizont saß ein Schiff fest, ein Luftloch nahm es hinauf zu den Wolken.

Die Richtungen der Windrose konnte Happah nicht mehr erkennen. Viele schöne Frauen führten sich spazieren. Er schaute ihnen hinterher, bei jeder einzelnen geschmeidigen

Hüfte und bei jedem langen, rocktauglichen Bein wurde ihm schmerzhaft bewußt, daß er schlimmer dran war als ein Mönch.

In diesen Augenblicken hätte er gerne eine Zigarette geraucht, einen ganzen Busch in die Pfeife gestopft, aber an diese Ablenkungen durfte er von nun an nicht einmal mehr denken. Eine innere Stimme fing alsbald an, ihn bei verbotenen Gedanken zu ermahnen. Happah, der aus den Wolken Zurückgekehrte, sehnte sich nach der Zeit der Unschuld zurück.

Hätte ich doch nicht den Mord an dem Esel begangen, dachte er, vielleicht hätte ich dann eine neue Gelegenheit erhalten, auf meine Insel zurückzukehren. Da hätte er ein Feriendomizil eröffnet, hätte vornehme Menschen empfangen und ihnen die Schönheit der Natur gezeigt. Happah, Happah, sprach die Stimme sogleich zu ihm, Geschehenes ist nicht mehr rückgängig zu machen. Du kannst nur hoffen, daß deine jetzigen Taten einen Ausgleich schaffen. Den Mord am Esel kannst du nicht mehr ungeschehen machen.

Werde ich denn nie wieder vergessen können, fragte er eines Tages die Stimme. Fortan führte er lange Gespräche mit ihr. Nicht einmal kam er auf den Gedanken, die Stimme zu fragen, wer sie eigentlich sei. Happah war froh, endlich seine ganzen Probleme besprechen zu können. Er redete und redete in einem durch und verpaßte Sonnenuntergang um Sonnenuntergang, wie es ihm in seinem früheren Leben nie passiert war. Auch die wenigen ihm Wohlgesonnenen nahmen Abstand von ihm.

Allein redend ging er durch den Tag und nur die Kinder rannten nicht davon, wenn sie ihn kommen sahen. Da er die Gabe hatte, alle Vogelsprachen zu verstehen, rief er ihnen fröhliche Wörter zu. Er wanderte über die Insel, hielt mal hier, mal dort an, die Menschen bekreuzigten sich, den hätte man doch kürzlich begraben. Er lachte, die Vögel zwitscherten. Der Esel war noch in weiter Ferne.

Die Stimme sagte eines Tages, Happah, dein Lob des Himmels fällt selbstgerecht aus. Du nimmst dir Früchte von den Bäumen und liegst faul am Strand herum, jagst den Menschen Angst ein und denkst überhaupt nicht daran, deinen Esel zu finden. Der Esel soll mir doch zulaufen, sagte der verschreckte Happah mit einem aufkommenden Schuldgefühl. Wo ist dein Wille geblieben, Happah, der Wille, der dir zeigt, daß das Warten vergeblich ist, daß es nichts gibt, worauf man warten kann. Es gibt nichts, worauf ich warten kann, wiederholte Happah die Worte in einem hoffnungslosen Ton. Und die Stimme schwieg. Sobald Happah eine neue Frage stellte, spürte er, daß in seiner Brust eine Art Wand errichtet wurde und seine Fragen kein Gehör mehr fanden.

Er war ratlos. Mein Wille, dachte er, wo ist eigentlich mein Wille geblieben. Erst da bemerkte er, daß er ihn gar nicht mitgenommen hatte, und er rannte wieder zurück zur Bucht. Dort stand er unruhig herum, bis die Hinübergehstunde der Träume da war. Happah wußte nicht, wie ein willenloser Mensch seinen eigenen Willen zurückbekommen konnte.

Die Hinübergehstunde hatte für ihn eine Generalsperre erlassen. Er konnte nicht mehr zurück, an den Marmortisch, und er kannte keinen Engel, dem er hätte Fragen stellen können. Ich brauche eine Biographie, kam es Happah in den Sinn, mit Details und Menschen, mit Gesichtern und Geschichten. Dafür muß ich mir ein Familienalbum beschaffen, etwas, womit ich glaubwürdig werde, auch für mich selbst, dachte er und ging los, um sich seine Familie zusammenzustellen.

Er setzte auf das Festland über, und an der Küste stahl er aus einem Papiergeschäft ein großes, unbeschriebenes Buch. Album, schrieb er flüsternd mit seinem rechten Zeigefinger darauf und ging gleich noch einmal in den Laden, um einen Stift zu klauen. Dann begann er mit der Archivierung; Jahreszahlen schrieb er auf, zeichnete einen weitverzweigten Stammbaum, Vornamen, Nachnamen, Orte folgten aufeinander, mit reiseeiliger Hand. Von seiner Tat beseelt, ging er zielstrebig los, um sich die dazugehörigen Gesichter zu beschaffen.

Auf dem Flohmarkt von Omiš fielen ihm Schwarzweißfotografien unbekannter Menschen in die Hände. Er half dem Händler, die Marktstände abzubauen, und durfte zum Lohn die Fotos behalten. Der Standbesitzer schenkte ihm noch einen kleinen Spiegel. Er habe einer Frau gehört, die hier in Friedenszeiten lebte. War das Ihre Großmutter, fragte ihn Happah. Nein, er gehörte meiner Nachbarin, die mit ihrer ganzen Familie ausgewandert ist. Nach Kanada. Sie haben alles stehen- und liegengelassen. Ging schnell. Eine ganz normale Flucht. Jetzt wohnen da Leute aus den Bergen. Wir kennen sie nicht. Die Fotos wollten sie ohnehin nicht haben. Happah fragte, ob er ihm helfen könne, beim Ausräumen solcher Häuser, und der andere hatte nichts dagegen.

So kam der Zurückgekehrte allmählich mit den biographischen Gesetzen der Menschen zurecht. Er fand eine Arbeit in einem Süßwarengeschäft, direkt am Hafen von Split. In seiner Freizeit trieb er sich am Diokletianspalast herum, versuchte auch, Bücher zu lesen, über den Kaiser, über die Römer und ihre Bauten. Aber er kam nur auf eine Seite pro Tag, das Alphabet glich für ihn nicht nur normalen Buchstaben, in denen er jetzt bewegliche Symbole sah, wortweise verwandelten sich die Buchstaben vor seinen Augen, sprangen über, in neue Formen, die Happah eines Tages zu verstehen hoffte. Er wurde schnell müde. Vor Anstrengung, die das Lesen ihm abverlangte, und wegen der rätselhaften Verwandlung der Buchstaben.

Er ging in Cafés und trank Espresso, sagte laut ein *Adio* und *Ciao* in die Luft, wenn er Leute, die er vom Hafen kannte, aufstehen sah. Am Abend nahm er die Fähre nach Brač. In Supetar suchte er sich eine Bleibe in einer Pension. Für die Besitzerin putzte er die Zimmer aus, half in der Küche und durfte kostenlos über Nacht bleiben.

Vor dem Zubettgehen schaute er sich jeden Abend sein wachsendes Album an. Langsam bekam es Konturen. Happah hatte Sehnsucht nach seinem einstigen Geburtsort Murwiza, und er war sehr stolz auf seinen neuerworbenen Stammbaum.

Er konnte die Sehnsucht nach Murwiza nicht erklären. Der Name des Ortes kam ihm wie eine innere Melodie wieder in den Sinn, eine Melodie, die nur im Stillen hörbar war und die nur jemand einfallen konnte, der auch die Höhle des Drachen kannte. Jetzt erinnerte sich Happah an die Höhle, sah seinen jüngeren Bruder und die große Schwester in sie hineinrennen. Die Bilder wiederholten sich, immer wieder rannten die Geschwister hinein, lachend, angstlos, und eines Tages kamen sie nicht mehr zurück. Großer Bär, hatte Happah seine Schwester genannt. Obwohl er der Ältere und im Umgang mit Menschen und Tieren der Geübtere war, nannte sie ihn Kleiner Tiger.

Happah sah jetzt das ganze Bild, sich selbst sah er auch, vor dem Eingang der dunklen Höhle. Der Drache hat sie aufgefressen, so erzählten es sich die Menschen über die ganze Insel, wie ein Lauffeuer verbreitete sich die schreckliche Neuigkeit. Auch auf dem Lande, in ganz Dalmatien, sogar in Montenegro hatte man davon gehört. Der Bruder habe vor der Höhle gestanden, ihm sei nichts passiert. Happah war damals zitternd nach Hause gekommen, es war schon tiefe Nacht, die Sterne sah er deutlich und über ihm ein glasklarer Himmel. Tagelang redete er wie in einem Sturm. Reingegangen, ja, sie seien reingegangen, Hand in Hand, direkt in die Höhle. Aber nein, nicht mehr, nie wieder herausgekommen. Er bekam Schüttelfrost und später sprach er nie wieder von der Höhle. Er war am Leben geblieben. Das an sich war eine Schuld.

Als er viele Jahre später heiratete, soll er zwar glücklich getanzt, aber auch immer wieder verstohlen in Richtung der Drachenhöhle gesehen haben. Happah hat bei seiner Hochzeit an den Großen Bär und seinen Bruder gedacht. Niemand suchte sie, es hieß, der Fels oberhalb der Höhle besitze ein großes Auge und es präge sich jedes einzelne Gesicht und jeden Menschen ein, der nur in die Nähe der Höhle käme. Keiner hatte den Mut, sich dem Auge zu stellen.

In der alten Pension, auf der anderen Seite der Insel, fiel all das Happah ein, es fiel ihm wieder ein, als er, über die Fotos gebeugt, zum ersten Mal verstand, daß er jetzt keine Familie, keine Geschwister, keine Kindheit mehr hatte. Eine Jugend, dachte er für sich, so etwas Schönes dürfen Menschen haben. Die Wirtschafterin klopfte an der Tür und schimpfte über die Stromkosten, die er ihr verursache, das Licht solle er auf der Stelle ausmachen.

Er lag auf dem Rücken, die Hände unter dem Hinterkopf, und erinnerte sich an sich selbst, an die langen Nächte dieses einen Lebens, in denen die Pferde unruhig gewiehert hatten, wenn ein Südwind oder die Bora kam. Dann sah Happah das Korn, wie es in Zeitlupe in ihm selbst hin und her wogte, die begrannte Ähre, sagte er laut, als würde er nach vielen Jahren einen Menschen treffen, seinen Namen erinnern und ihn umarmen; unbegrannte Ähre, sagte er, die Felder meiner Mutter, die Gärten meines Vaters.

In Happah erwuchs die gute Sehnsucht, er bekam eine Vorstellung von den Jahreszeiten, von der Geschwisterschaft des Menschen mit der Natur, von seiner eigenen Fähigkeit, auf zwei Beinen zu gehen. Er konnte Schiffe besteigen, Hotelzimmer putzen, er führte ein selbsterdachtes Familienalbum mit sich, konnte im Süßwarengeschäft schon die Kundschaft namentlich ansprechen und er besaß, neben seinem Album, ein weiteres Buch.

Er war fest entschlossen, das Alphabet soweit einzuüben, um darin mühelos zwei oder sogar drei Stunden hintereinander lesen zu können.

Das Buch, das ich nach Happahs Verschwinden selbst in seinem Haus unterhalb der Vidova Gora gefunden habe, trug den Titel *Della mercatura et del mercante perfetto libri quattro* (In Venegia, all'Elefante, 1573) und Happah muß es an die zwanzig Mal gelesen haben. Ich sah es, an den zerfledderten Seiten, an der Art, wie das Buch angefaßt worden war, es gab sogar Unterstreichungen darin.

Im fünfzehnten Jahrhundert hatte ein gewisser Benko Kotruljić aus Dubrovnik sein Werk über Handel und Buchführung verfaßt. Dieses Buch vom vollkommenen Kaufmann und vom erfolgreichen Handel gehört zur heute noch beliebten Gattung von Werken, die das Geheimnis des schnellen Erfolgs erschließen sollen. Die *Della Mercatura* ist trotzdem mehr als nur ein populäres Handbuch, es trägt viel Innovatorisches in sich, weil es die Idee von der doppelten Buchhaltung in Umlauf bringt.

Der neue humanistische Geist in diesem Buch, sagen die Historiker, stehe nicht im Einklang mit der Inschrift, die am Sponza-Palast über der Waage zu lesen ist: *Wenn ich messe, mißt mich Gott.* Diese allmächtige Kontrolle sei aus der

Vorstellung des Autors entfernt und durch ein irdisches arithmetisches Auge ersetzt worden. Das Buch war seinerzeit sehr beliebt, so daß es bald nach dem Tode des Verfassers im Jahre 1571 erneut gedruckt wurde. Es gab davon insgesamt vier Exemplare.

In unseren Tagen, dokumentiert das Historische Archiv der Stadt Zadar sowie das Archiv des Museums der Stadt Zagreb, habe der Verband der Buchhalter dieses *Buch vom idealen Buchhalter* als Reprintausgabe neu drucken lassen.

Diese Ausgabe ist Happah in die Hände gekommen. Wenn er darin las, schien es, als höre er den Buchstaben zu oder schaue ihnen nach, wie sie sich zu etwas Neuem verzauberten. Das eine Auge wirkte dabei wie erstarrt, als ermögliche es durch seine Starre die Verwandlung. Wenn er danach in ein Café ging und sich einen Espresso bestellte, klang seine Stimme sonderbar fern und aus beiden Augen blitzte es.

Den Espresso bestellte er wie etwas sehr Kostbares. Seine Stimme tönte nach, im Raum sah man sich nach ihm um. Viele haben gesagt, Happah sei eine Art illyrischer Mensch. Ich wußte damals gar nicht, daß auch ich zu den Illyrern gehöre, und als ich fragte, was das sei, ein illyrischer Mensch, sagte man mir, das sei einer, der sich mit dem Morgenstern auskenne. Einem Historiker hätte das wahrscheinlich nicht genügt, mir reichte das durchaus, dennoch brauchte ich lange, um zu begreifen, daß der Morgenstern ein Verstand für sich ist. Außerdem hatte ich die Aufgabe, Happahs Rückkehr zu dokumentieren.

Ich habe damals Happahs Menschwerdung schriftlich festgehalten. Ich interessiere mich für alles, was mit dem freien Willen zu tun hat. Vor allem aber bin ich ein Experte in Zeitfragen, ich kenne mich mit der Wirkkraft der Gedanken im Hinblick auf ihre Manifestierung in der Zeit aus.

Der Raum ist dafür eine nicht unwesentliche Konstante. Doch verwirrt es, zuerst über den Raum als solchen nachzudenken, wenn wir nicht vorher verstanden haben, daß die Zeit eine Art Marktplatz ist, der so lange existiert, wie wir auf dem Markt einkaufen. Wenn die Arbeit der Händler getan und unsere Einkäufe erledigt sind, werden alle Stände abgebaut und die Waren davongetragen. Will ein Kunde etwas einkaufen, wenn die Waren nicht mehr da sind, wird er den Marktplatz nur als Platz vorfinden. Und ich habe mich gefragt, was man aus diesem Raum machen soll, wenn er nur als bloßer Raum existiert. Ohne die Zeit verliert auch der Raum seine Bedeutung.

Meine Studien über Happah und seine Ankunft auf der kroatischen Insel Brač haben eine einfache Grundlage. Wann wird der Mensch ein Wesen mit Erinnerung und wie verhält sich diese Erinnerung im Hinblick auf seinen *freien* Willen?

Happah war das Beispiel eines strebsamen Menschen, der aber im gleichen Maße wie er seinem Ziel näher kam, dasselbe aus den Augen verlor. Wie viele andere, glaubte auch er, in den Archiven und Museen der Menschheit fündig werden zu können. Die Geschichte warf ihre letzten Flaschen aus dem Fenster, und es war mehr als Glück, daß nicht eine von ihnen auf Happahs Kopf fiel.

Er zog sich oft in die Natur zurück, lag unter Bäumen und schlief ganze Nachmittage unter einer bestimmten Linde. Dieser Baum hatte als Ortsmittelpunkt viele Menschen vor ihm angezogen und jedes Frühjahr zeigten sich hier die beiden ersten Zitronenfalter, denen das Leuchten der Frauenhaut folgte, die freien Körper der Männer und ihrer Kinder, sie strahlten, befreiten sich vom Winter und alle sahen auf das Meer hinaus, standen lange am Hafen, als würden sie sich dadurch ihre Biographie verdienen. Kamen die ersten Schiffe regelmäßiger, wußten sie wieder, wofür sie lebten. Die Angler gaben den Katzen einen kleinen Fisch ab und die Saison wurde von einem langen Frauenbein in einem wieder kürzeren Rock eröffnet.

Happah konnte inzwischen sehr gut lesen, er war nach Murwiza übergesiedelt, und im Nachbarort ging er zu der kleinen Bibliothek, die dem Kloster angeschlossen war, borgte sich Bücher aus und verbrachte den Sommer lesend. Wenn man ihn fragte, was er den ganzen Tag so mache, antwortete er, ich forsche. Er forscht, wiederholten die Leute.

In einem Lokal unterhalb der Vidova Gora fing Happah an zu kellnern. Touristen aus England, aus Frankreich und Deutschland bediente er und fragte alle aus, wie es in ihren Ländern aussah, was man dort zu Mittag aß. Er brachte in Erfahrung, was sie hierher geführt hatte. Und eines Tages wollte ein Paar auf den Berg hinaufgehen. Happah sagte, ich komme mit, zeigte mit der rechten Hand zum Berg, es war Abend, die Sonne ging unter und die beiden nickten.

Eine Stunde später waren sie schon unterwegs. Sie glaubten an einen eigenen Stern, sein unverlöschliches Strahlen, und trotz hereinbrechender Nacht hatten sie keine Angst. Wind ist bald aufgekommen, erst leise, dann lauter werdend. Zischend ist der Wind über die Klippen gefahren, die Felsen umsäumend, und bald auch das Tal.

Das fremdländische Paar ist nicht mehr aufgetaucht. Happah hatte sie allein weitergehen lassen. In Murwiza hat er sich entschieden, zur Höhle zu gehen. Als er vor ihr stand, ging er hinein, die Hände in den Taschen. Er ist wieder herausgekommen, zusammen mit seinem Esel. Das Auge hat ihn durchgelassen. Der Esel ist ihm gefolgt, von sich aus, ohne ein Seil, ohne einen Schlag.

Happah hat behauptet, es sei der alte Esel, er habe den Tod überlebt. Aber wer will das bezeugen können? Wer kann es wirklich verstehen, ob Happah ein Held war oder nicht, das arme Tier ist ihm drei Tage später ohnehin, scheinbar grundlos, davongelaufen. Vier Schlangen hat man vor Happahs Tür gefunden. Fünf Nächte hat er mit dem Wunsch gerungen, sich das Messer an die Kehle zu setzen, und dann hat er ein ganzes Jahr lang geschwiegen.

Es war keine Fähre, mit der er auf die andere Seite übersetzte. Es war ein richtiges Schiff, und es hat Happah für immer weggebracht, von der Insel Brač, von Dalmatien und von der Höhle, dem Berg Vidova Gora, weg von der Anstrengung, ein menschliches Wesen mit einem freien Willen zu sein. Manche behaupten, er sei nach Australien ausgewandert, andere wollten gehört haben, er habe es doch nicht durchgehalten, allein für sein Album verantwortlich zu sein.

Ich selbst habe gewußt, warum Happah auf diese Weise verschwunden ist, ich habe ihn ja lange genug beobachtet. Der freie Wille, habe ich von Happah gelernt, ist eine kleine Welle auf den großen Ozeanen unserer Erde. Eine Welle kann nicht für sich allein bestehen. Trotzdem muß es sie einzeln geben, so, wie es Happah gegeben hat, der, den Bildern entstiegen, ein wirkliches Leben geführt hat, bestimmt von den Jahreszeiten, dem Mond, der Sonne und traumähnlichen Wundern.

Er ist ein Liebender gewesen und war gekommen, um das Alphabet zu lernen. Happah ist sein eigenes Wort geworden, und dieses Wort wird niemand zerstören können, allein schon deshalb nicht, weil er es nie laut ausgesprochen hat. Seinen Bericht hat er abgegeben, und ich habe meinen Teil zu seinem Gelingen beigetragen. Ich kenne also das Wort, ich werde Happah und diesem Wort die Treue halten.

## Der Windsammler

Ob Oko ein Wunderkind war oder nicht, das läßt sich in der Rückschau nicht mehr sagen. Er hat es irgendwie schneller als andere geschafft, in die Blume der Träume einzutreten, wie, darüber hat er nie gesprochen.

Unter der Obhut des Sonnenliniennetzes hörte der Wind Oko an. Er wendete Okos Hut, legte sich in das Innere des Hutes schlafen und die Gesichter, die Häuser, die Dinge mit ihrem richtigen Namen waren ihm alle bekannt.

Der Wind ist lange im Hut geblieben. Im Vorfeld hatte er schon geweht, die Luftorgel hat gespielt, vielleicht noch vor Okos Geburt, im Wasserleben des Mutterbauches, wo alle Menschen unverlierbar sind. Vielleicht hat der Wind diese Musik gemacht, die das Leben von sich aus den Luftorgeln in die Bäuche legt. In einem ganz anderen Hut, in vielen fernen Hüten wird alles Kommende geboren. In den Händen der Menschen zerrinnt es später, wenn die Körper den Gesetzen der Erde gehorchen.

Durch ihre Finger windet sich die Zeit gleich einer jungen Schlange, die noch nicht weiß, wie ihre erste Haut abzuwerfen ist, die gar nichts weiß vom Sonnenliniennetz, das in den Wipfeln der Inselbäume wohnt, dort, wo sich nachts Falke und Adler treffen, um ihre nächtlichen Flüge zu besprechen. Das Lied wird möglich, es vollführt sich selbst. Doch zuvor kommt der Westwind. Er nimmt sich den Bergkristall, den hellen Saphir und den Amethyst, nimmt alles, was er berühren kann. Mit seiner Hilfe trocknet keine Lunge aus. Er rettet das Wissen der Steine, läßt Oko träumen von Mandeln, Espen, Anis, Stangenbohnen, Zitronen, Löwenzahn, Haselnüssen, Eisenkraut, Lavendel, Ahorn, Majoran und Minze.

In Okos Träumen kommt Erzengel Raphael auf einem schwarzen Lipizzaner geritten. Die Augen des Pferdes sind weiße Anissterne und aus den Sternen spricht es zu Oko. Er liest in den Augen des Tieres wie in einem frisch gedruckten Buch. Er sieht den Erzengel reiten und in seinen Träumen muß Oko noch vor Sonnenaufgang immer weinen, jede Nacht weint er. Alles wiederholt sich und das Pferd ist schwarz wie die Nacht selbst, es ist noch nicht weiß geworden, wie alle Lipizzaner einmal weiß werden. Nur seine Augen und das Wehen seiner Mähne verraten Oko, daß es das Pferd ist, das ihn liebt.

Es ist also mein Pferd, denkt Oko, und ausgerechnet ein Erzengel hat es mir gestohlen. Er denkt, so etwas kann nur mir passieren. Wie soll er das diesem aufrechten Engel sagen, diesem mächtigen Engel, der so viel schlauer und höher ist als er. Auf Du und Du mit den Wolken. Der alles über die Pyramiden und die ersten Luftschiffe weiß. Über die Wassermassen von Atlantis und die Zauberer, die Wächter, die Wissenden aus Eden.

Im Traum konnte Oko nichts tun. Er hatte Angst, daß der Engel ihn entführen, ihn einfach forttragen könnte, aus seiner kleinen Studentenwohnung, in ein anderes Gebiet, in dem die Menschen auf die gleiche Art die Welt sehen können wie der nachtfarbene Lipizzaner, auf dem Weg zu seiner Verwandlung.

Oko wollte immer anders sein, alle Sprachen beherrschen, die Träume der Menschheit kennen, für sie zuständig sein, ihr Mitarbeiter sein, ihr Gärtner. Dieses Mal aber sagte er sich, ich möchte einmal ein Realist sein, rein physikalisch betrachtet, macht es überhaupt keinen Sinn, hoch hinaus zu wollen. Engel frieren nicht, dachte er, die Kälte auf hohen

Bergen macht ihnen nichts aus. Auf einen solchen Berg könnte Raphael sein Pferd gebracht haben! Ein Engel muß doch andere Mittel und Wege finden, um von seiner Unerschrockenheit zu erzählen. Es ist nicht nötig, für diese Belange meinen schönen Lipizzaner zu stehlen, dachte Oko. Von einem Schutzpatron der Kranken, der Apotheker, der Reisenden und Pilger, Auswanderer und Seeleute, Dachdekker und Bergleute hatte sich Oko etwas mehr Redlichkeit erwartet und beschloß, sich lieber doch nicht zu den Realisten zu zählen.

Oko kehrte auf seine Geburtsinsel Pag zurück. Zur Universität mochte er nicht mehr gehen. Sein dunkles Haar war lang. Er ähnelte einem aus der Zeit hinausgefallenen Indianer, der sich noch aus jugoslawischen Zeiten erhalten und das Ende der Dreharbeiten an einem der Winnetou-Filme versäumt hatte. Ein anachronistisches Überbleibsel aus »Der Schatz im Silbersee«.

In Wirklichkeit hatte Oko einfach keine Zeit gehabt, sich in der Hauptstadt die Haare schneiden zu lassen. Der Sozialismus hatte sich nicht bewährt, der Krieg war ausgebrochen, das Geld brauchte er für andere Dinge. Das Gespräch mit dem Erzengel Raphael nahm außerdem seine ganze Zeit in Anspruch und die Luftorgeln hätten ihm nichts vorspielen können, wenn er immerzu an seine Haare gedacht hätte.

Das Pferd aus seinen Träumen, dem er nun wegen seiner Mähne immer ähnlicher wurde, sah stets geradeaus, mit diesen weißen Anisaugen, hinaus in Okos Leben. Als Oko eines Morgens beim Frühstück die Silbermannorgel mitten in der kroatischen Hauptstadt gehört hatte, von ihr aber weit und breit nichts zu sehen war, packte er alle seine Sachen, verließ seine Wohnung und wünschte das Unmögliche. Er selbst wollte für das Tanzen seiner Bilder zuständig sein, wollte herausfinden, was einen edlen Engel wie Raphael zu einem niederträchtigen Pferdediebstahl bewegen konnte.

In der einen Hand trug Oko einen kleinen braunen Lederkoffer und in der anderen einen Panamahut. Ich will das Element Luft beherrschen, sagte er gleich an der Tür zu seinen Eltern, die einfache Landleute waren und von ihren Feldern nur zur Sonne schauten, wenn sie gerade nicht da war, oder zum Himmel, wenn er ihnen den Regen versagte. Die Alten schwiegen. Oko setzte sich auf den Schemel vor dem Ofen und wartete, daß etwas geschah.

Die Forscher haben später Okos Fall als den einer langsam, aber sicher voranschreitenden Verwerfung beschrieben. Sein Zustand schien ihnen besonders kompliziert zu sein. Mit der Verwerfung der Bilder sei gleichzeitig eine Vergrößerung seiner Imagination einhergegangen.

In einem der psychiatrischen Berichte stand sogar, Oko habe sich selbst von seinem eigenen Zusammenhang gefährlich weit entfernt. *Abgeschnitten* wäre sogar das richtigere Wort. Er habe sich mit einer Art Lebensschere bewaffnet, die jetzt Stück für Stück alles ausschneide, was auch nur annähernd mit seiner eigenen Biographie zu tun hatte. Was hast du mit deinem Hut getan, fragte man ihn. Oko sagte, ich bin in Bildern spazierengegangen.

Einer, der so etwas macht, war für sie »ein gefährlicher Mensch«. Außerdem, empörte sich jemand im Amt, beschuldige der Langhaarige einen Erzengel, ihm seinen schwarzen Lipizzaner gestohlen zu haben. Oko dachte, auch ein Erzengel kann am Ruhm dumm werden. Warum nicht! Wenn man so berühmt ist wie Raphael, dann ist man doch verführbar und kann sich bestimmt sehr überschätzen. Der Engel hätte doch denken können, niemand käme auf die

Idee, ausgerechnet ihn des Diebstahls zu beschuldigen. Aber Oko sagte das nicht laut. Er hatte ihn nie beschuldigen wollen, er wußte vor seinem Traum nicht einmal, daß es einen solchen Engel gibt. Aber als er ihn in seinen Träumen immer wieder auf diesem Pferd reiten sah, dachte Oko, daß alles möglich sei. Denn irgendwann wußte er, daß Engel keine Pferde besitzen und der Lipizzaner sein Pferd war, selbst wenn drei Erzengel ihn gestohlen hätten.

Die Gutachter seiner größer werdenden Inselakte machten sich Sorgen. Sie sagten es nicht laut, aber sie befürchteten, Oko könnte noch andere Bilder erfinden und in ihnen unter den Augen der neugierigen Insulaner spazierengehen. Auf der Suche nach diesem Engel, den die Leute sich im Kommunismus abgewöhnt hatten, auf der Suche nach diesem Bildland, konnte er doch leicht Nachahmer finden. Nein, sagten sie, niemand kann ein solches Land betreten. Oder etwa doch?

Er ist sicher ein Lügner, sagte einer schließlich laut. Er will nur Eindruck machen und von seinem gescheiterten Studium ablenken. Okos Eltern sagten die Forscher, der Junge sei verrückt. Er beschuldige irgendeinen hochrangigen Erzengel, ihm einen imaginären Lipizzaner gestohlen zu haben. Ihr Sohn leide an einer Kraft, sagten sie, die er sich selbst ausgedacht habe. Ist mein Kind verzaubert, wollte die Mutter wissen. Ein wissenschaftlicher Mitarbeiter trat vor sie und sagte, ja, Oko sei verzaubert. Aber von wem, wollte nun der Vater wissen. Eigentlich nur von sich selbst, antwortete man ihm.

Als Oko das erste Mal vom Diebstahl seines Pferdes träumte, bemerkte er nicht, daß er selbst am Rande des Traums stand und dem Erzengel zusah. Er hielt einen Hut in der Hand und schien auf seine Zukunft zu warten. Kurze Zeit später kam ein Westwind auf, mitten in seinem Traum, er wehte die Sträucher wild, verwehte die Ruhe der Insellandschaft, und Oko sah nun in diesem traumwirklichen Wind die Gestalt eines Menschen.

Der Bildwind wurde jeden Abend stärker. Oko sah dem Wachsen des Bildes Nacht für Nacht zu, und als er genug Kraft hatte, zu begreifen, begriff er, daß der dort Gehende er selbst war. Im Bildland sah alles anders aus, und auch sein Gesicht machte einen fremden Eindruck auf ihn, als hätte es auch einem anderen Menschen gehören können.

In der Hauptstadt hat Oko beim Studium der Ethnologie zum ersten Mal einen Fremden über seine Insel reden hören. Auf Pag fühlt man sich, sagte der ihm unbekannte Mann, wie die ersten Menschen sich auf dem Mond gefühlt haben müssen. Überall Geröllhalden und kahle Felsen, von Sonne und Wind ausgebleicht. Wegen der starken Bora ist die dem Festland zugewandte Seite der Insel beinahe ohne jede Vegetation. Mühsam aufgeschichtete kleine Steinmauern sollen den Schafen Schutz vor der wütenden Bora gewähren.

Im Südwesten sieht die Insel ganz anders aus, hier gedeiht zumindest halbhohe Macchia, man sieht Olivenhaine, Gemüsefelder und jede Menge Salbei, der, das weiß natürlich kaum jemand, in Dalmatien seinen Ursprung hat. Dieses Wissen vermischte sich in Oko und sein Bild wurde von einem inneren Kameraauge in die Länge gezogen, er sah nicht nur die Kargheit der Insel auf der einen, sondern auch das Aufkommen der lebendigen Fülle auf der anderen Seite der Insel.

Oko wußte jetzt, wo er den Erzengel suchen mußte. Er packte seinen braunen Koffer, den er schon bei seinen ersten studentischen Forschungsreisen in Nordafrika dabeihatte. Den Nordwesten Pags zum Gesetz für die ganze Insel zu machen, das hatte er sich vorgenommen. In der linken Hand trug er den alten Hut. An ihm würden das Pferd und Raphael ihn erkennen. Mit der rechten Hand machte er eine Bewegung. Er rief die Wolken. So wie man einen Menschen nah an sich heranwinkt, so rief er das Blau und das Weiß mit seiner Hand herunter. Oko ging eine ganze Woche nachts auf diese Weise umher. Die eine Hand hielt den Panamahut. Die andere sprach mit dem Himmel.

Die Forscher sagen, er habe in dieser Zeit weder getrunken noch gegessen. Er selbst hat darüber gar nicht nachgedacht und ist wie ein Kind immer nur weiter, von Hügel zu Hügel gerannt. Mit nackten Füßen. Und stets dem Klang der Silbermannorgel hinterher.

Eine solche Orgel gibt es nur in Orten wie Dresden, Pfaffroda und Rheinhardsgrimma, fanden die Forscher heraus. Sie sagten, die richtigen Orgelspieler legen sich niemals mit einem der wichtigeren Erzengel an. Die spielen nur. Da hat Oko zum ersten Mal mit den Forschern gesprochen. Aber womit, hat er die Forscher gefragt. Womit spielen denn die Orgelspieler eine Silbermannorgel, die drei Manuale, das dreifache Pfeifenwerk der Silbermannorgel zum Beispiel in der Hofkirche zu Dresden? Mit Händen und Füßen und den Zellen in ihren Köpfen, haben die Forscher gesagt.

Kein Orgelbauer hätte Oko eine solche Antwort gegeben. Das machen nur Forscher. Die Röhren und das Orgelmetall singen nur, wenn die Luft vibriert, sagte Oko, die Luft, verstehen Sie? Wenn der Windkasten sich mit Wind gefüllt hat und aus den Tonkanzellen durch die Schleifen und über die Stöcke in die Pfeifen saust.

Als Oko begonnen hatte, mit dem Wind zu reden, hat ihn aus der Ferne ein Bauer beobachtet. Der Bauer hat sich mit einer Mistgabel abgestützt, hat dem Hutschwenker lange nachgesehen und andere haben sich zu ihm gestellt. Der Windsammler ist da, soll schließlich einer von ihnen ausgerufen haben, als hätten sie alle zusammen, ohne jemals darüber gesprochen zu haben, auf Oko gewartet. Die Geröllhalden leuchteten unter dem wetterwendischen Himmel auf.

Die Leute vergaßen alle ihre heimlichen Schubladen, und die in ihnen gebunkerten Pistolen wurden nicht gebraucht. Die Sonne beschien die Sträucher. Das wenige Grün blitzte unter ihrem Schutzgeleit und unter der Obhut der Mittagssonne auf. Ein starker Wind rollte über die Hügel auf die Menschen zu. Die Bora packte unverzagt ihre großen Koffer aus. Eine Steinmauer fiel in sich zusammen. Die Münder wurden geschlossen. Der Krach hatte es bewirkt. Die Herzen schlossen sich auch. Den Sommer wollte keiner der Zuschauenden mehr auf Vorrat.

Jetzt nahmen schon die ersten ihre Mistgabeln in die Hand, jene, die nichts hatten, griffen zu den Steinen. Sie warfen nach Oko. Mit seinem Hut wehrte er die ersten Würfe ab. Dann kamen andere hinzu, viele, von Eifer erfaßte Hände sah Oko jetzt vor sich. Erst dachte er, sie helfen ihm, den wirkenden Wind einzufangen. Aber als sie mit dem Werfen nicht aufhörten, fing er an zu rennen. Jemand rief die Behörden. Oko machte weiter. Erneut fiel eine alte Mauer krachmachend in sich zusammen. Das Heulen des Windes sprach wie mit Fremdwörtern durch die Ritzen dazwischen.

Wer hörte den Wind? Niemand. Die Sonne aber spielte Oko zu. Die Wolken rissen auf. Der Donner folgte wie auf Wunsch. Die Kinder vergaßen das Glücksverbot, mit weißen Zähnen und klatschenden Händen, in den Fingerkuppen Fröhlichkeit, warteten sie auf den nächsten Windstoß und den Lipizzaner.

Bevor das Pferd kam, waren sie alle still, hörten schon in der Ferne den Lauf des freien Tieres, staunten über die

Größe seiner Augen und sahen, wie das Pferd über die niedergerissenen Mauern sprang, wie es sich davonmachte und seine schwarze Mähne segelgleich im Wind hin- und herschwenkte, als sei nun auch die Insel ein Teil des Wassers geworden, das begehbare Land hinausgetragen zu den Gesetzen der Wellen und den Stürmen im Meeresinneren.

Die Falken flogen weg, ihre Sturzflüge woanders zu tun. Die Falten der Beobachter waren zu sehen, die Stirne, die Nasen, die Wangen, ihr Ort war der Zorn. Wieder wanderten Wolken über die Insel hinweg, als hätte ein großer mächtiger Vogel Nachschub geliefert, violettes, graues, blauweißes Licht. Okos Hut wehte den Nordwesten ins Helle, die Hand des Windes pflückte sich ein größeres Stück Luft, senkte sich auf Okos Haupt, ganz oben, an der rundesten Stelle seines Kopfes. Oko saß auf seinem schwarzen Pferd, hob den Hut vor seine Brust, schloß die Augen und wartete auf den Regen. Die Stunde der Regentropfen kam, er hatte sie gerufen, die Erde wurde naß. Die Bäume und die in ihnen wohnenden Bilder und alles, was auf der Erde ging und stand, wurde naß wie die Erde selbst.

Durchnäßt kam ein Milizionär hinzu. Er führte Oko ab. Wortlos ging Oko mit, reglos auch und ohne irgendein Gefühl der Not zu verspüren. Das Pferd nahm man ihm weg. Mit Erzengeln kannten die Forscher sich nicht aus. Der Milizionär hat später behauptet, nie einen Lipizzaner gesehen zu haben. Solche Pferde gäbe es auf seiner Insel nicht.

Am Graben lagen die Steine, die aus den Fäusten auf den Boden zurückgefallen waren. Die Disteln schimmerten, speicherten in sich ihre Sonne, ihr Indigo, ihre Luft. Am Wegrand, geöffnete Münder, in den Winkeln verstaubt. Die Kinder saßen auf den Steinen und besprachen die Rettung des verlorengegangenen Tieres, sie sagten, es habe so schöne weiße Augen gehabt. Es habe immer geradeaus, immer nach vorne gesehen. Und ein Mädchen sagte laut zu den anderen Kindern, ich glaube, daß Pferde alle Kriege überleben. Weil sie doch so schön nach vorne sehen. Da wissen sie immer, wo das Kämpfen aufhört. Wo das Ende der Frontlinie ist. Das Ende der Gräben und der Schüsse.

Vielleicht fiel nach Okos Abführung Schnee. Vielleicht waren die Flocken nur weiße Blüten, aber irgend etwas fiel, flog umher und zeigte die Arbeit des Windes. Keiner hat den Wind und seinen Sammler je vergessen können. In der Wirklichkeit des Sonnenliniennetzes, die auch den Pagern vertraut war, hatte kein Inselbewohner gewollt, daß Oko wie ein Verbrecher abgeführt und inspiziert wird. Jeder von ihnen hatte den Wind mit seinen eigenen Augen gesehen. Ein Staub war auf ihren Gesichtern, in ihren Mundwinkeln zurückgeblieben. Sie wollten ihn wegwaschen, sich gut stellen, mit den Elementen. Aber das Wasser entfernte diesen Staub nicht. Die Verwandtschaft mit dem Wasser ist schwer zu verdienen.

In einem anderen Land oder auch nur auf einer anderen Insel hätte Oko ein Sänger werden können. Jetzt war er sehr schweigsam, und wenn er überhaupt mit den Forschern sprach, dann redete er von den Wörtern wie von Menschen und äußerte mehrfach die Überzeugung, jedes falsch gewählte Wort könne im Leben eine schlimme Strafe nach sich ziehen, und so bekamen sie schließlich Angst vor ihm.

Die Angst war es am Ende auch, die sie dazu trieb, sein ganzes Leben auszulöschen, an einem einzigen Tag. Sie hörten Oko gar nicht zu, sie hatten schon einen eigenen Plan und wandten die üblichen Methoden an. Nur der, sagte Oko, wissend, daß ihm niemand zuhörte, der seine falschen Wörter rückwärts gehend abtastet, schafft es, den Wind im

Hut einzufangen und sein Pferd zu finden, das im Wind laufen und allein leben kann, unbedürftig und so anders als wir Menschen.

Weshalb interessierst du dich ausgerechnet für die Luft, fragten die Forscher ihn schließlich. Oko fragte sie, warum sich ein Glasbläser ausgerechnet für Glasbläserei interessiere. Er ist nicht bei Verstand, flüsterte jemand. Er hält sich also wirklich für einen Windsammler, sagte man jetzt schon lauter. Er ist nicht bei Verstand. Er ist bei der Luft, sagte jemand, dessen Stimme Oko nicht kannte, die ihm aber vertraut vorkam, wie alle freundlichen Stimmen einem Menschen vertraut vorkommen, wenn seine Träume an die Wand gedrängt werden und die Freundlichkeit eines einziges Wortes dazu beiträgt, daß er sich verwandt fühlt mit zärtlichen Sätzen, verwandt mit den Mündern der sie sagenden Menschen.

Er lebt in keinem Luftschloß, das nicht, sagte die vertraute Stimme, aber er lebt mit verknüpften Sinnen. Die Forscher betrachteten täglich ihre Tabellen. Man gab sich Zettel in die Hände, schaute zum Plafond, es wurden Entscheidungen getroffen. Verknüpfte Sinne, das kannten sie nicht. Heilanstalt war das Wort, das die Forscher erst leise und dann mit Nachdruck, wie zur Selbstversicherung aussprachen. Wie alle Wörter, die einmal ausgesprochen sind, entwickelte das Wort seine Wirkung und forderte, eingelöst zu werden. Wörter sind Zauberkundige. Wörter sind Stellvertreter des Menschen.

Okos Hut war ein Zauberstab, der kein weiteres Mal zum Einsatz kommen durfte. Die grimmigen Gesichter der Wachhabenden, der Milizionär als erster, haben ihn der Wettermacherei angeklagt. In seinen Hosentaschen fand man Weihrauch, Myrrhe, ein Stiefmütterchen, sogar Primeln, Eisenkraut, viele Veilchenköpfe und ganze Büschel von der Schafgarbe, die ihnen aus unerfindlichen Gründen besonders verdächtig vorkam.

Woher hätte Oko wissen können, daß er Feindschaft und Verrat ernten wird, daß man seine Eltern belügen und ihr Haus enteignen wollte und all dies geschehen konnte im Namen der Angst. Er wollte nur sein nachtschwarzes Pferd finden und den Erzengel höflich fragen, warum ausgerechnet er, Raphael, der zu den Cherubim gehörte, seinen Lipizzaner gestohlen hatte.

Glaubst du an Einflußbereiche, fragten ihn die Forscher weiter aus. Hast du Theorien über den Wind, warum starrst du immer den Cumulus-Wolken hinterher, was sagen dir Aufwinde, hohe Berggipfel, Türme, und wie ist dein Verhältnis zum Atem. Ich liebe nur den Wind, mehr nicht, sagte der junge Mann. Führst du Geräte mit dir, mit denen du Einfluß nimmst? Oko schwieg. An welche Götter glaubst du, fuhren sie fort. An alle, sagte der Befragte. Ich glaube an Vögel, an Salzkristalle, an Adler und Falken, ich glaube an die Farbe, an ein leuchtendes Gelb, an Karminrot, an Weiß, ich glaube vor allem an das Weiß, wiederholte Oko und sah fortwährend geradeaus, immer nach vorne sah er. Die Fragenden mieden seinen Blick. Ich glaube an Vergil, an eine schneeweiße Binde, die die Schläfen aller umschlingt, die sich durch Verdienst in der Welt ein stilles Denkmal geschaffen haben.

Was er redet, sagte der Schriftführer, *Verdienst in der Welt*, ist das Poesie, fragte er hämisch, und die anderen winkten ab. Sie sprachen nur zum Schein mit Oko. Längst hatten sie alles beschlossen. Das Scheinverhör aber bewahrte sie vor schlechten Träumen nicht. Wo hast du das gelernt, wollten sie noch wissen. Das kann man nicht lernen, sagte Oko, das kommt von Gott.

Oko hatte keine nationalen Interessen, er hatte nichts im Sinn mit ökonomischen Grundsätzen, er hatte lediglich eine Idee, und er wußte nicht, daß Leute mit Ideen manchmal wegen ihrer Ideen eingesperrt werden. Hinzu kam, daß er in einer Zeit gelebt hat, in der die Gefängnisse sichtbar wurden.

Am Himmel wechselten die Bilder, ein Gemälde wich dem anderen, die Uniformen tauschten ihre Farben aus, der Schnitt blieb der gleiche. Die Bäume wurden bunt, kahl, und wieder grünte alles im Frühjahr. Oko hatte man weggefahren, auf das Festland. In einer Heilanstalt verbrachte er viele Jahre. Das Regime fiel, die Dunkelmänner zogen sich weiße Mäntel an. Sie fragten nun neue Fragen. Das Papier ihrer Fragebögen aber war das alte.

Der Ablauf der Verhöre hatte sich geändert, eine neue Frage war hinzugekommen. Glaubst du an die Demokratie, wollten jene wissen, die das Recht auf ihrer Seite wähnten. Sie hatten noch bessere Brillen, präzisere Aufnahmegeräte, und auch große Gewinne konnten sie machen. Die Gesetze schützten sie.

Wieder tauschten die Maler der Wolken ihre Pinsel aus, Winde fegten das Altgemalte weg, die Bäume wurden bunt, kahl, und wieder grünte alles im Frühjahr. Oko verschlief in der Heilanstalt sein halbes Leben, und als er herauskam, da stand die Moderne vor der Tür. Überall sah er neue Automarken, schnell gehende Menschen, bunte Stände mit Früchten, Gemüse und neuen Illustrierten. Bücher riefen zur strikten Erziehung von rebellischen Kindern auf. Oko sah sich um, auf dem Festland seiner neuen Freiheit. Es zog ihn zum Wasser, zum Meer hin, und eine Fähre brachte ihn über das Blau zu seiner Geburtsinsel zurück.

In den übriggebliebenen Mauern des elterlichen Hauses wuchsen wilde Blumen, neben ihnen Kräuter und ein großer Strauch hatte die Eingangstüre erobert. Er schob den Strauch zur Seite und betrat das zum Himmel offene Innere des Hauses. Die Sonne hatte die Familienbilder versengt. Die Gesichter waren dem starken Licht zum Opfer gefallen. Nur seine Erinnerung, seine Vorstellungskraft führte sie wieder ins Ganze.

Er sah sich, in den Armen seiner Mutter, sah ihre fest geflochtenen Zöpfe, sah die Grübchen seines Vaters, sein graues Haar und seine zerfurchten Hände. Langsam ging Oko von Raum zu Raum. Die Zikaden machten Minimalmusik. Der Sommer ging einher wie in Stiefeln voll Licht. Die Sonne stand in der rechten Hälfte des Himmels und eine große weiße Wolke nahm die Form eines Frauenkörpers an, der zu tanzen schien, sogar ein Kleid war zu sehen, leicht angehoben der Saum, vom Wind seiner Vorstellungskraft.

In einem der hinteren Räume sah Oko die Sense seines Urgroßvaters. Als er sie von der Wand nehmen wollte, fiel sie in sich zusammen, die Klinge streifte seinen großen Zeh. In der Küche, am Fenster, das zum Meer zeigte, hing ein Hut, den sein Vater bei der Arbeit im Garten getragen hatte. Oko setzte ihn auf, ging zu den Bäumen hinaus und legte sich unter die Linde. Oben, in den Wolken, zog jetzt eine Kinderhand ein Sieb hinter sich her.

Niemand hatte ihn in der Anstalt besucht. Die Eltern waren gestorben. Sie wußten nicht, wohin man Oko gebracht hatte. Immer wieder stellte er einen Antrag, seine Eltern besuchen zu dürfen. Briefe waren ihm verboten worden. Seine Anträge lehnte man ab.

Auf dem kleinen Friedhof suchte er jetzt alle Kreuze ab, suchte den Namen seiner Mutter, den Namen seines Vaters und er fand sie bald, die Buchstaben ihrer Namen waren vogelschnabelklein. Mit der Hand malte er für Vater und Mutter eine Blume in die Luft, pustete sie auf die Steinplatte und küßte das Kreuz. Drei Jahre nach seinem Verschwinden waren sie beide verstorben, erst die Mutter, zwei Wochen nach ihr sein selbst im Sterben folgsamer Vater. In der Gemeinde sah Oko das Ortsbuch ein. Haus und Grund gehörten ihm nicht mehr. Es war den Eltern noch zu Lebzeiten weggenommen worden, *Wohnrecht auf Lebzeit, dann generelle Enteignung*, stand dort in einer Schrift, die von einem gebildeten Menschen zu stammen schien.

Oko nahm die Fähre. Dann nahm er ein Schiff. Das Schiff brachte ihn nach Amerika. In Amerika war Oko nicht mehr der Windsammler. Er hatte eine neue Sprache, eine eigene Adresse und einen unverdächtigen, neuen weißen Hut. Bei der Einreise hat man ihm viele Fragen gestellt, viele Stunden hat man ihn warten lassen. Beamte haben mit einer Taschenlampe seine Zunge ausgeleuchtet, den Rachen, das Innere der Ohren. Demokratie hat viele Namen. Sie kann die belegten Zungen der Menschen überprüfen und herausfinden, ob der Magen nicht einen eigenen Kopf hat. Die Taschenlampen geben ihnen Auskunft. Die Taschenlampen sind Handlanger der Demokratie. Sie verhelfen ihr zum Sieg.

Oko ist bei seiner Zungenkontrolle geduldig geblieben, ist auf das Festland getreten, hat gen Himmel geschaut und auf das nächste Frühjahr gewartet. Die Bäume waren bunt, damals, als er in dem neuen Land ankam, ohne sein Pferd, dann wurden die Bäume wieder kahl, und Oko hat auf das Grün gewartet. Das Grün kam und ging wieder. Für Zedern, sagte der Erzengel Raphael in einem von Okos amerikanischen Träumen, gibt es keine Gesetzbücher, keinen Richter, keine Unbeständigkeit.

Aber das hatte er längst selbst herausgefunden und bestimmt auch verstanden, daß die Engel eigentlich gar nicht zuständig sind für das Leben der Menschen. Sie kommen nur, um einem etwas Wichtiges zu stehlen, dachte Oko. Aber immerhin, ich habe das Pferd wenigstens einmal in meinem Leben gesehen und werde es nicht mehr vergessen. Merkwürdig, sagte Oko laut zu sich selbst, der Erzengel hat mir doch längst mein Pferd zurückgegeben und damit seinen Diebstahl eingestanden.
Ich selbst bin es, der den Lipizzaner wieder aus den Augen verloren hat, und wie kann ich da erfahren, ob das Pferd jetzt endlich weiß geworden ist oder nicht.

# Die Rache des Damhirsches

Tito hatte für alles eine Lösung. Auch für die Kurzsichtigkeit von Walter Ulbricht. Die Augenschwäche des Genossen hatte den Marshall anfangs nachdenklich gemacht. Ulbricht besuchte ihn häufig in seiner Sommerresidenz auf den istrischen Brijuni-Inseln. Dann gingen die Herren jagen. Damit Ulbricht endlich auch mal einem Tier das Leben nehmen konnte, stellte ihm Tito jetzt einen guten Schützen an die Seite. Davon wußte der Kurzsichtige nichts. Ausgerechnet dieses Mal traf einmal Ulbricht selbst. Zeitgleich mit dem Auftragstöter. Und ausgerechnet dieses Mal traf er einen Damhirsch.

Die Geschichte hat den beiden Staatschefs in den Archiven der Dunkelheit ihren Platz gesichert. In der Literatur soll es jetzt vor allem um die Arbeit des Damhirsches gehen. Er hieß Odo. Und schon daß er einen Namen hatte, war für Ulbricht nicht gerade ein Segen. Der Damhirsch hatte sich ihm absichtlich vor den Schuß geworfen. Wie hätte Ulbricht das wissen können? Er ging davon aus, daß nur Befehle leben. Der Damhirsch hatte nicht nur einen Namen. Er hatte auch einen Plan. Ulbricht sollte an diesem Plan zugrunde gehen. Erschießen ist einfacher als Wissen. Deshalb entschied sich Odo, Ulbricht mit Enzyklopädien auf den Leib zu rücken. Tito hat wie immer seinen Spaß an den Überraschungen des Lebens gehabt. Ob es Walter Ulbricht auch so ergangen ist, das möchte ich hier erzählen.

Noch in der ersten Nacht nach der Jagd kam Odo in Ulbrichts Träumen vor und etablierte sich als Dauergast seiner nächtlichen Bilder. Später, in der Deutschen Demokratischen Republik, erlaubte er sich einiges mehr und schmuggelte sogar Bücher über die Grenze, die Ulbricht selbst bei wachem Verstand sicherlich verboten hätte.

Der Damhirsch hatte etwas vor und aller Evidenz nach, der sich der Kurzsichtige nicht erwehren konnte, war er nicht nur ein Tier, das man einfach mit einem banalen Gewehr erschießen konnte. Ulbricht konnte nicht wissen, daß er selbst lediglich dem Plan des Damhirsches zur Erfüllung verholfen hat. Woher hätte er ahnen können, was der Damhirsch ihm beibringen wollte, was es bedeutet, eine Aufgabe zu haben, und was das ist, das offene Jenseits. Der deutsche Staatschef hatte damals ganz andere Sorgen. Die Jagd auf den Brijuni-Inseln sollte eigentlich von ihnen ablenken. Der Plan des Damhirsches aber war schon längst dabei, brauchbare Wirklichkeit zu werden.

Odo wurde in dem Moment, als der Deutsche sich in das Flugzeug setzte, gezielt auf die istrischen Inseln gebracht. Alle Herrschenden, die sich dort jährlich einfanden, wollte er an ihre geistige Herkunft erinnern. Nicht, um ihnen die Gesetze der Seele zu erklären, bei Staatsleuten ging er da anders vor, sondern um sie zur Reue zu bewegen. Oder wenigstens einen Funken Mitgefühl für ihre Umgebung in ihnen zu wecken. Da dies auf der Erde, als der Damhirsch noch ein Damhirsch war, gescheitert ist, kehrte Odo in den Bildern der Menschen zurück. Das durfte er, da er nun das geworden war, was er schon immer gewesen ist. Ein geistiges Wesen, das freiwillig die Form eines Damhirsches angenommen hatte. Mit Sprache ausgestattete Wesen können diesen Bildvorgang am besten verstehen. Und auch Ulbricht konnte sprechen, fremdelte aber noch am Anfang. Die Bildwelt war nicht seine Stärke.

In den Träumen aller Menschen, die auf Einladung des Marschalls die Brijuni-Inseln je betreten hatten, wurde Odo in aller Regelmäßigkeit vorstellig und zeigte den Beteiligten präzise die Auswirkung all ihrer Taten. Jenen, die getötet hatten, schenkte er ein wenig mehr Aufmerksamkeit. Um die Verschiedenheit seiner Strategien aufzeigen zu können, soll diese Geschichte nicht nur die Traumgefüge von Staatsleuten zeigen, sondern auch Schauspieler einbeziehen. Beide Berufe gleichen einander sehr. Der Unterschied besteht nur darin, daß Schauspieler ehrlichere Leute sind. Und das will schon etwas heißen.

Der Hirsch Odo war mathematisch sehr versiert und bei dieser Gelegenheit kam vieles heraus, Beschämendes mitunter, zum Beispiel, daß Richard Burton lange Zeit keine Ahnung von Algebra hatte. Wie der Damhirsch das herausgefunden hat, soll sein persönliches Geheimnis bleiben. In dieser Erzählung werden nur einige wenige Beispiele stellvertretend für die vielen Besucher erwähnt, die sich in den Sommermonaten im Schatten der Pinien, Eichen und des Lorbeer romantische, brüske und dann manchmal auch, dem Ort gemäß, politische Geschichten anvertraut haben.

Nicht alle, die auf den Inseln spazierengegangen sind, können der Tötungsschuld bezichtigt werden. Richard Burton hat dort nur gegessen. Und getrunken. Leute wie Fidel Castro sind nachweislich nur auf eine Zigarre vorbeigekommen, haben auf die Adria hinausgeschaut und über Arkadien gesprochen. Das ist grundsätzlich erst einmal unverdächtig. Arkadien liegt überall, vor allem in den idealen Träumen der Menschen, die stetig aus irgendwelchen Gründen gerade am Wasser an diese Träume erinnert werden.

Nach dem Empfinden vieler Zeitgenossen hat Willy Brandt als einer der wenigen Brijuni-Besucher den politischen Überblick behalten. Aber selbst er hat vor lauter

Überblick überhaupt nicht mitbekommen, daß Tito sogar seine Falten nachzuahmen versuchte. Der Marshall war ein Verwandlungskünstler und verleibte sich immer das Markante seiner Gäste ein. Diese schauspielerische Strategie hatte sich bewährt, anfangs zugunsten der Allgemeinheit, später gegen sie: in den Bergen, bei den Partisanen, in den Tälern, bei den Händlern, auf den Märkten, bei den Fischern. Bis zum Ende seines Lebens dachte er gar nicht daran, so etwas Gutes aufzugeben. Selbst seinen Tod wollte er mit Bravour spielen, aber seine Krankheit und sein Menschsein kamen ihm dazwischen. Deshalb mußte auch er sich als normal Sterblichen erleben.

Manche Überlebende dieser Weltperiode sagen, das sei der wahre Grund seines Ruhmes gewesen, diese ganz bestimmte *Haltung zur Idee* und sein Talent, die Anderen in sich selbst gespiegelt zu finden und dann daraus etwas Neues zu machen, ein Gesicht zum Beispiel, seine eigene Aura oder eine philosophische Einsicht.

*Von dir sprechen deine Taten, du bleibst.* Das war sein Lieblingssatz. Die Menschen mögen so etwas. Sie erleben die Glut, den Hauch, die Kraft maßgeblich am Anderen, als habe dieser Andere ihnen schon die eigene Tat abgenommen. Tito hat diese innere Wesensarbeit sogar Dichtern erleichtert. Viele Menschen sind denkerisch bewandert, aber nur wenige bereit, sich als Handelnde zu erleben. Deshalb übergeben sie diesen Teil ihres Lebens gerne einem Führercharakter. Sie denken nicht. Sie lassen sich denken. Später sind sie überrascht, wie wenig sie sich aus Details gemacht haben, die ihr ganzes Leben bestimmt und sie von sich selbst entfernt haben. Die Verfügung hatten sie eigenhändig erlassen. Der schöne Damhirsch hatte von alldem genug gesehen. Er konnte es nicht mehr ertragen, sogar die Jagd hatten sie erfunden, um sich selbst zu vergessen.

Warum ihm ausgerechnet Walter Ulbricht so am Herzen lag, er ihn zu einer inneren Umkehr mit größter Vehemenz bringen wollte, das werden wir nie erfahren. Wahrscheinlich war er letzten Endes austauschbar, etwas anderes kann ich mir nicht vorstellen.

Das voll entwickelte Geweih des Damhirsches ist als erstes in den Träumen des deutschen demokratischen Staatschefs erschienen. Danach hat er sich in voller Größe dem Marschall zugewandt. Später ist Odo aus reinen Unterhaltungsgründen auch in den nächtlichen Bildern des mathematisch unbegabten Hollywoodschauspielers vorstellig geworden. Ebenso ist der Damhirsch zwei weiblichen Berühmtheiten erschienen. Die eine war angeblich Elizabeth Taylor, die andere Sophia Loren. Mit beiden hatte Tito auf den Brijuni-Inseln zu Abend gegessen, zusammen mit seiner Frau Jovanka.

Die beiden Politiker und der Schauspieler träumten den besagten Traum im Monat April, der eine am Anfang, der andere in der Mitte und der dritte zum Ende des Monats, als schon der Flieder blühte. Die beiden Damen hingegen waren erst im Juni von Odo aufgesucht worden. In der Zeit also, in der das Hirschgeweih abgeworfen wird. Dies trug nicht unwesentlich zur Milde der Gesprächsführung bei, und es ist anzunehmen, daß die Frauen milde Botinnen des Damhirsches waren, ohne es überhaupt selbst gewußt zu haben.

Der Damhirsch schätzte Schönheit, Grazie und die Anmut dieser Frauen. Aber er wollte auch ihnen etwas zeigen, möglicherweise sogar beibringen. Durch ihre Präsenz erleichterten sie ihm seine Arbeit. In einem seiner berüchtigten Nebensätze soll er den beiden etwas von einer wichtigen Aufgabe gesagt haben. Man kommt nicht wegen des bloßen

Seins auf die Welt, vielmehr bestehe das bloße Sein aus einem wichtigen Auftrag. Die meisten Menschen, sagte er, tun nur so, als erlägen sie im Irdischen dem Willen fremder Leute. Dabei sei das, was sie Fremdbestimmung nennen, recht besehen ihr am Beschlußtisch des Himmels besprochener Lebensplan gewesen. Eine Art Wille also. Die beiden Damen hörten aufmerksam Odos Vorträgen zu. Und die Loren wollte wissen, ob das Leben also eine Art Drehbuch sei.

Statt Sophia zu antworten, sprach Odo weiter über Hirsche. Im Gegensatz zu vielen menschlichen Wesen, sagte er, nimmt beispielsweise die Familie der Hirsche ihre Aufgabe sehr ernst und es führt kein Weg an ihrer Erfüllung vorbei. Sie diskutieren nicht über Statistiken. Ihnen liegt nichts an Soziologie. Eine Wissenschaft der Hirsche gibt es nicht. Ihre Natur bringt sie zum richtigen Handeln und sie leben ohne eine strategische Absicht zusammen, denken nicht nach über gute und schlechte Nachbarschaften, verirren sich nicht in Emotionen und leidenschaftlich verfehlten Sprachsystemen. Sie lieben aber durchaus die moderne Linguistik, weil sie einen abenteuerlichen Charakter und etwas Pionierhaftes in sich trägt. Aber wie die Vögel verfassen sie keine Ökonomielehre. Sie sehen es als selbstverständlich an, das zu tun, was ihnen nützt. Aber welcher Hirschart gehörte Odo eigentlich selbst an? Es ist im Grunde nicht wichtig, ob es ein Europäischer oder ein Mesopotamischer Damhirsch gewesen ist, der zu den beiden Frauen gesprochen hat. Er hatte sich ohnehin verkleidet.

Der Plan wurde bereits Wirklichkeit. Der selbst im Traum kurzsichtige Deutsche war ratlos. Er scheute sich, das Thema beim Marschall anzusprechen. Nervös ging er in seinen Räumen hin und her, sah aus dem Fenster und spürte, wie ein Unbehagen seine Wirbelsäule erst hinauf- und dann rasch wieder hinunterschlich. Das Ganze wiederholte sich so lange, bis er ein Gefühl großer Übelkeit verspürte. Kaum fühlte er sich wieder besser, fing alles wieder von vorne an. Von der Mitte des Bauches stieg das Übelkeitsgefühl hinauf. Ulbricht rannte so schnell er konnte ins Badezimmer, um sich über dem teuren Waschbecken der Partei zu übergeben. Bester Marmor. Aus dem kroatischen Süden. Erlösung hat es ihm nur für diesen einen Moment verschafft.

Als er das Badezimmer verließ, schoß es ihm durch den Kopf, er könnte seit dem Aufenthalt in Istrien in eine lebenslange Falle getappt sein. Erbrechen konnte er sich nicht immerzu und auch seine Wirbelsäule verkam immer mehr zu einer Art Signalleitung, in der sich das Gefühl einer stärker werdenden Unheimlichkeit breitmachte, bis er nur noch dieses Gefühl war, das ihn hinunterzog, zur Erde, zur Schwärze hin.

Den Kopf nach unten gebeugt, verfiel er mehr und mehr in eine eigenartige Haltung, bis er einem Menschen glich, dem es bestimmt war, jede neue Form der Guillotine zu erproben.

In den Sitzungen mit den Parteigenossen verhielt Ulbricht sich still. Er bekam jetzt nervöse Zuckungen, die er bei jeder aufkommenden Gelegenheit zu verheimlichen suchte. Wie immer scheiterte er auch dabei an der eigenen Disziplinlosigkeit. Manchmal schwieg er absichtlich lange, um sich nicht wieder einer Verlegenheit auszusetzen, und sagte dann plötzlich etwas unangemessen laut. Er wies die Leute zurecht, unterbrach sie mitten im Satz, achtete überhaupt nicht mehr darauf, ob gerade jemand sprach oder nicht. Seine rechte Hand flog immer öfter in die Luft. Das war der Befehl für Stille. Jetzt sprach er! Die Anderen hatten das zu beachten, was er sagte.

Automatisch entwickelte jeder in seiner Umgebung Reflexe der Unterwürfigkeit. Dann aber schwieg Ulbricht ausdauernd und überließ das Reden den anderen.

Immer mehr beschäftigte er sich mit seinen Träumen. Ich weiß es, rief er einmal mitten in eine Sitzung des Zentralkomitees hinein, ich weiß es, der Damhirsch ist gar kein Hirsch! Als er schnaubend den Staatssaal verließ, starrten die anderen verstört auf seinen Rücken. Er hob einfach die Hand noch im Weggehen in die Luft und wiederholte fieberhaft *Ich weiß es, ich weiß es*. Der Staatschef schien den Verstand zu verlieren. Hatte seine Willkür nicht schon seit langem darauf hingewiesen?

Tito und Ulbricht sollen unabhängig voneinander mit Burton in Hollywood telefoniert haben. Aber auch der Schauspieler wußte keine Lösung und schwieg sich aus. Bei einem von Odos nächtlichen Traumbesuchen bei den Herren wurde dann eine Konferenzschaltung gelegt, in der alle miteinander reden konnten. Anfangs hatten sie die Wirkkraft der Träume für einen Spielfilm gehalten, den sie drehbuchgetreu absolvierten und aus dem sie jederzeit herausspringen konnten. Da alle drei in der frühen Kindheit Bettnässer waren, sahen sie dem Fortlauf des Films in einer Art trügerischem Wohlbehagen zu. Wie einst, als sie geglaubt hatten, unter ihnen rausche ein starker Fluß. Aber wie damals wendete sich der vermeintliche Rauschgenuß in ihrem jetzigen Film in ein vom Schreck begleitetes Wachwerden.

Odo verpaßte ihnen mit seinem Geweih regelmäßig mehrere Hiebe auf die Brustgegend und gab dies als seine übliche Herzmassage aus. Da kannst du mal sehen, vertraute sich der Amerikaner an einem der darauffolgenden Tage seiner Frau Elizabeth an, der Himmel zieht zur Grundlage seiner Mathematik unsere Taten heran. Ein Glück habe ich bei der Jagd nicht mitgemacht, sagte er, während er nach Luft lechzte, als gebe es bald nichts mehr davon in seiner Lunge. Er atmete tief durch und wunderte sich zum ersten Mal, daß er mit den beiden Staatsmännern in einer Unterrichtsgruppe war. Hatte der Damhirsch Leben und Beruf bei ihm durcheinandergebracht? Er saß wie einst in seiner Rolle als Alexander der Große auf Baumstümpfen herum und lehnte daraufhin alle kommenden Filmangebote ab, die irgend etwas mit Führerpersönlichkeiten zu tun hatten. Er hatte mit einem Mal keine Lust mehr, all diese vermeintlichen Hollywoodhelden zu spielen, und wünschte sich, einfach nur einer von Shakespeares Männern zu sein. Wie viele Schauspieler hatte auch er aus idealistischen Gründen angefangen an das Theater zu glauben. In Hollywood erzählt man sich, er habe in diesen Tagen begonnen, ein Leben vor und ein Leben nach dem Tod täglich zu durchdenken. Er glaubte jetzt an etwas. Odos Unterricht hatte Wirkung. Die Ordnung der Dinge ist eine Illusion. Und selbst der mathematisch unbegabte Schauspieler war zwar ein Trinker, aber kein dummer Mensch. Langsam begriff er, daß das Chaos der richtige Lebenszustand ist.

Der Damhirsch aber war bei allen drei Männern wie ein Erzähler vorgegangen. Erst sprach er von der Verbreitung seiner eigenen Art. Der Europäische Damhirsch habe, eröffnete er einen seiner zermürbend langen und strategisch durchdachten Vorträge, bis zur Eiszeit und während der Zwischeneiszeiten weite Teile Europas bewohnt, darunter auch Länder nördlich der Alpen. Das brachte besonders den armen Deutschen zum Zittern, denn er ahnte langsam, diese Schulung der drei Männer sei allein ihm zu verdanken und werde sich bald ins Dunkle wenden, um zielgerichtet seine Biographie unter die Lupe zu nehmen. Das Wort *auslöschen* kam ihm als erstes in den Sinn. Der Damhirsch sagt, für die

Gedanken der Leute könne die unsichtbare Welt nichts, dafür trage allein der Wortverursacher die Verantwortung. Zum Glück kann man den Träumen keine Schuld in die Schuhe schieben. *Auslöschen*, dachte Ulbricht schon schwitzend vor Angst, *er wird mich auslöschen.*

Walter Ulbricht, der immer mehr die Ahnung des Todes in sich trug, hörte Odo dennoch aufmerksam zu, in der Hoffnung, seinem durchdringenden Blick eines Tages ausweichen zu können. Er spürte aber bald die Wende. Irgend etwas Neues stand im Raum. Als sei das Neue vor langer Zeit bereits in seiner Kurzsichtigkeit angelegt worden, brachte er es jetzt mit seinen Augen in Zusammenhang. Täglich prüfte er im Spiegel die Farbe seiner Iris. Vielleicht sah die Welt ganz anders aus, als seine Augen es ihm in all den Jahren vorgetäuscht hatten?

Er hatte sich die Vorträge genau eingeprägt, wußte noch, daß der Damhirsch während der Eiszeit nur noch auf dem Balkan vorkam und von dort aus nach Mitteleuropa zurückgewandert war. Wie er das auf die Politik hätte anwenden können, hat er zwar gedanklich durchexerziert, aber weder ihm noch seinen Nachfolgern ist es gelungen, den Zusammenhang zwischen der Tierwelt und der Politik befriedigend aufzudecken.

Das Zentralkomitee hatte wie immer ganz andere Dinge zu lösen. Aus Angst, die Vorträge doch alle wieder zu vergessen, schaffte sich Ulbricht ein Notizheft an. Der heutige Lebensraum des Damhirsches reicht bis Südschweden und Südnorwegen, England, Polen und Rumänien, schrieb er da gleich hinein. Das wußte er alles von Odo. Er hörte ihm gut zu, schrieb alles ins Notizbuch und wiederholte dann alles mehrfach in Gedanken: Als beliebtes Parkwild wurde das Tier auch in Überseeländern angesiedelt, in Nordamerika,

Neuseeland und Chile traf es auf Bewunderung. Und auf Gewehre.

In den Mittelmeerländern wurde es weitgehend ausgerottet, wie üblich war der Kommunismus daran maßgeblich beteiligt. Natürlich haben die Kommunisten sich mit vielem ausgekannt, das muß man eingestehen, aber sie hatten, wie es in jedem System der Fall ist, ganz große Lücken in ihrem Wissen und besonders keine Ahnung davon, daß Damwild ziemlich standorttreu ist. Da es keinen Bezug zum Tod hat, kehrt es einfach immer wieder zurück. Seine Treue gilt dem Ort seiner Kindheit. Erwachsene Böcke einerseits und Alttiere andererseits bilden zusammen mit Kälbern und geringen Hirschen außerhalb der Paarungszeit getrennte Rudel, die zwanzig bis hundert Exemplare umfassen können. Revolutionäre könnten einiges von den Damhirschen lernen. Walter Ulbricht kann dankbar sein, daß er kurzsichtig geboren worden ist. Mit gesunden Augen hätte er zehn Damhirsche erlegen können. Und noch ein einziger Geschichtenerzähler aus der Gattung der Hirsche hätte ihn auf der Stelle um den Verstand gebracht. Für die Deutsche Demokratische Republik wäre das sicher kein Vergnügen gewesen. Ulbricht genügte es, diesem einen Damhirsch das geforderte Versprechen abzugeben. Folgenlos konnte es nicht bleiben. Auch das größte Gefängnis wird zuerst immer in Gedanken verlassen.

Der Auftrag des Damhirsches habe gelautet, er, Walter Ulbricht, solle sich um den bevorzugten Lebensraum der Damhirsche kümmern und lichte Mischwälder in der Ebene oder im Mittelgebirge anpflanzen. Um diese Aufgabe ordnungsgemäß erfüllen zu können, müsse er sich allerdings Kenntnisse aneignen: über die »Exposition der Mittelgebirge zur Hauptwindrichtung« sowie zur Entstehung von außerordentlichen Salzlagerstätten. Außerdem erwarte man, daß er, ein erwachsener Mann mit Sinn für Revolution, alle deutschen Mittelgebirge in alphabetischer Reihenfolge aufsagen könne.

Der Jugoslawe zog sich wie immer aus allem heraus, er beherrsche nicht einmal die Grundkenntnisse der deutschen Sprache, gab er bei einem der nächtlichen Unterrichtstreffen zu. Für ihn solle man sich etwas Adäquateres ausdenken, sagte er dem Damhirsch ohne jede Achtung ins Gesicht. Und er genierte sich nicht, die Sprache Goethes nicht zu kennen.

Während Ulbricht sich ernsthaft Gedanken darüber machte, wo er auf die schnellste Art ein Mittelgebirge und lichte Mischwälder herbekommen könnte, wurden die beiden Schauspielerinnen von Odo unterhalten. Sie hatten keinen Damhirsch und auch kein anderes Tier auf den Brijuni-Inseln erschossen. Beide hatten sich aber, als Weltstars und mit einer entsprechenden Wirkung auf die Allgemeinheit, auf den Brijuni aufgehalten, hatten auch Kenntnis von den Jagdveranstaltungen, die jährlich auf den Privatinseln stattfanden. Mit einer kleinen Strafe mußten also auch sie rechnen und diese bestand darin, daß sie alle Tierarten aus der Gruppe der Hirsche auswendig zu lernen hatten.

Regelmäßig erhielten sie eine Schulung. Odo begann den Unterricht nach den Gesetzen des Alphabets und zählte die Familie der Hirsche einfach der Reihe nach auf: Der Axishirsch, der Barasingha, der Damhirsch, der Davidshirsch, der Elch, der gemeine Hirsch, das Moschustier, die Muntjaks, Pudus, das Reh, das Rentier, der Rothirsch, der Sambahirsch, der Sikahirsch und der Virginia- oder der Weißwedelhirsch.

Elizabeth Taylor lernte eifrig eine Hirschart nach der anderen auswendig, schaffte sich sogar ein Notizbuch an, schrieb *Hirschkunde* auf den Deckel und unternahm auch tagsüber selbständige Forschungen.

Die Loren wußte bereits nach einer Woche alles über Elche. Die größte Hirschart der Welt begeisterte sie. Sie hatte sogar einmal bei Dreharbeiten den Riesen-Elch aus Alaska gesehen, der zwei Meter dreißig hoch und achthundert Kilogramm schwer werden kann. Und das alles bei einer Geweihauslage bis zu zwei Metern! In der Prüfung wußte sie selbst auf die kniffligsten Fragen eine Antwort, Odo ließ sie fortan in Ruhe, weil sie nicht nur gewußt hatte, wie der Lebensraum der Elche aussah, sondern auch, daß sie bruchartige Wälder mit Sümpfen und Seen bevorzugten.

Lorens Detailwissen über die hängenden Hautfalten der Elche, die zur Wamme werden, hatte selbst den nächtlichen Erzähler Odo beeindruckt. Auf die Frage, warum sie sich ausgerechnet zu den Elchen hingezogen gefühlt habe, antwortete sie ihm mit einem kleinen Vortrag. Ihr gefalle das Einzelgängerische an ihnen, ihre Tag- und Nachttätigkeit, ihre Fähigkeit zur Tarnung. Jäger wissen zu berichten, wie gut Elche sich im dichten Gehölz verstecken können, daß man sie nicht gewahrt, auch wenn man ihnen sehr nahe kommt. Elche suhlen nicht und können gut schwimmen. In Ostpreußen überqueren sie auf diese Weise das Kurische Haff, werden sogar gelegentlich an der Ostsee angetroffen. Schwimmend haben Elche schon die Åland-Inseln erreicht. Schwimmend! wiederholte Sophia begeistert. Ihre Nahrung haben sie überall finden können. Sie äsen Laub, Knospen, Holz und die Rinde von Laubhölzern. Weide, Pappel und Birke nehmen sie besonders gern. Das sind meine Lieblingsbäume, unterbrach sie die Taylor. Bei ihrer mündlichen Prüfung konnte sie jetzt alles zeigen, was sie bisher gelernt hatte. Der Damhirsch lächelte wissend und hörte ihr zu:

Von den Nadelhölzern bevorzugen sie Lärche, Kiefer und Wacholder. Die Fichte schätzen sie weniger, obwohl sie ein Seraph unter den Bäumen ist, kommentierte die abendländisch bewanderte Frau, die einst in ihrer Rolle als Cleopatra brilliert hatte. Auch beim Fressen muß der Elch den Kopf in einer gewissen Höhe halten. Wegen seines kurzen Halses kann er nur mit Mühe vom Boden fressen. Wenn er den Erdboden erreichen will, muß er wie eine Giraffe entweder die Vorderbeine spreizen, oder er läßt sich auf seine Handgelenke nieder, wenn er Heidekraut und Pilze frißt. Aus Mitteleuropa, und das fand Elizabeth besonders interessant, ist der Elch im Laufe des Mittelalters verschwunden. In Ostpreußen hingegen hatte sich ein Bestand bis ins neunzehnte Jahrhundert erhalten. Nur planmäßigen Hegemaßnahmen ist es zu verdanken, daß sich die Anzahl der Elche Ostpreußens bis zum Zweiten Weltkrieg beträchtlich vermehrt hat. Nach dem Krieg war allerdings dort der Elch-Bestand erloschen. Es heißt, schloß die Taylor ihren Vortrag, die Sowjetunion habe daraufhin mit Erfolg die neuen Elche aus Rußland in Ostpreußen eingeführt.

Dem deutschen Staatschef nützten die Taten der Sowjetunion jetzt überhaupt nichts. Aber Elizabeth Taylor hatte die Prüfung bestanden. Ulbricht überlegte noch immer fieberhaft, wo er ein Mittelgebirge herbekommen konnte. Vor lauter Nervosität und unruhigem In-die-Luft-Fahren hatte er den Harz vollkommen aus den Augen verloren. Später war ihm das sehr peinlich, denn er hatte gar nicht gewußt, daß alle Gebirge in Deutschland, mit Ausnahme der Alpen, Mittelgebirge sind.

Ulbricht wohnte schließlich in Deutschland, wenn ihm das auch zwischenzeitlich in seiner Funktion als Staatschef abhanden gekommen war. Offenbar hatte seine politische

Karriere eine klassische Deformation des Kleinhirns zur Folge. Wie alle Politiker bemerkte er selbst diesen Vorgang zunächst einmal gar nicht. Aber damals interessierte das ohnehin keinen Menschen. Ganz Europa war im Umbruch. Das Kleinhirn für etwas Wichtiges zu halten wäre einem Verbrechen gleichgekommen.

Als der kurzsichtige Politiker sich schließlich an den Harz erinnerte und daran, wie nahe er der Erfüllung seiner Aufgabe war, schickte er atemlos einen Trupp Männer hinaus. Man möge ihm eiligst Orte, Flüsse, Ausflugsziele, Schlösser und Burgen, ja sogar Namen bekannter Maler aus der Harz-Gegend in Erfahrung bringen. Er erwartete also von seinen Angestellten eine Art Liste. Was er eigentlich genau vorhatte, konnte niemand aus seiner Umgebung richtig einschätzen. Im Grunde hatte er selbst keine Ahnung, ein Fieber hatte Besitz von ihm ergriffen und er folgte seinen Gesetzen. Das Zentralkomitee machte sich selbstverständlich schon längst seine eigenen Gedanken.

Bei der Erteilung des Auftrags haben die ausgesandten Männer in seiner Stimme ein neuartiges Krächzen wahrgenommen. Mit einem Zittern hatte es sich gleich bei ihrer Einbestellung angekündigt. Ulbricht versprach sich vielleicht einen Erlaß seiner Schuld, Verständnis des Damhirsches, was es ihm wieder ermöglicht hätte, seinen politischen Aufgaben pflichtgemäß nachzukommen. Odo aber hatte gar nicht die Absicht, einen Kurzsichtigen so schnell von seiner Kurzsichtigkeit zu befreien. Schließlich hatte er in aller Selbstverständlichkeit zur Waffe gegriffen.

Was ist eigentlich ein Mittelgebirge, fragte der Staatschef sich eines Tages gleich nach dem Aufwachen. Endlich stellte Ulbricht sich Fragen! Genau das hatte der Damhirsch erwirken wollen. Der Kurzsichtige sollte beginnen, sich mit neuen Themen zu beschäftigen.

Er griff nach seiner zweibändigen Enzyklopädie. *Ein Mittelgebirge ist ein Gebirge*, wiederholte er nun das Gelesene flüsternd, *das im Gegensatz zum Hochgebirge eine bestimmte Höhe nicht überschreitet.* Daß diese Höhe aber gar nicht festgelegt ist, enttäuschte den jetzt im eigenen Interesse avancierenden Forscher, der allmählich geologische Ambitionen an den Tag legte, die ihn selbst, vor allem aber einige seiner politischen Freunde eiskalt überraschten. Aus Angst, man könnte auch sie für unzurechnungsfähig halten, hörten sie auf, sich für ihn einzusetzen.

Ulbricht bemerkte den Mangel an Loyalität seiner früheren Freunde überhaupt nicht. Diese Höhe liegt etwa zwischen fünfhundert und tausendfünfhundert Meter! rief er aus und vertiefte sich in seine Enzyklopädie. Alte Tafelberge oder Rumpfgebirge sind die Vorfahren der Mittelgebirge, wegen der geringen Höhe weisen sie keine glazialen Formen auf. Auf diese Weise herrschen flachwellige Oberflächenformen vor, las er sich nun schon selbst laut vor. Er ging in den Park, saß stundenlang auf einer Bank herum und war entschlossen, sich in diese Wissenschaft einzuarbeiten. Er ging wieder nach Hause, schritt zur Ecke, in der die zweibändige Enzyklopädie stand, griff aber dieses Mal nach dem Fremdwörterbuch und sah unter dem Wort *glazial* nach. Parallel zu seinen Forschungen hatte er, selbst für Odo nicht absehbar, erschwerenderweise das Problem des Schämens entwickelt.

Als er dann sah, daß der Begriff *glazial* sich aus dem Lateinischen ableitete und der Geologie entstammte, sagte er laut und im vorwurfsvollen Ton zu sich selbst, das hätte ich doch wissen können, es war doch einleuchtend, *eiszeitlich* bedeutet das Wort, die *Gletscher betreffend*. Glaziologie! Eis- und Gletscherkunde!

Wie zur Erinnerung wiederholte er alle gelesenen Begriffe

laut, sagte Wort für Wort vor sich hin. Glazialfauna. Glazialflora. Glazialsee. Glazialzeit. Nach zwei Tagen forschte er schon über das in Tschechien und Polen gelegene Riesengebirge, das in der Wissenschaft als Grenzfall zwischen Hoch- und Mittelgebirge eingeordnet wird.

Wie der politische Alltag des neuen Forschers warf auch das Riesengebirge verschieden akzentuierte Probleme auf. Einerseits ragt es in mehreren Bereichen über die Tausendfünfhundert-Meter-Marke hinaus, weist dort auch eine typische Hochgebirgsvegetation auf. Seine Oberflächenformen lassen sich jedoch größtenteils mit denen von Mittelgebirgen gleichsetzen. Das höchste der deutschen Mittelgebirge hätte der eigentlich leidenschaftliche Kommunist gerne für den Damhirsch umzäunen und mit lichten Waldstücken ausstatten lassen. Aber der Schwarzwald lag damals nicht in seinem Verantwortungsbereich. Manche Systeme haben durchaus ihre guten Seiten. Wie akribisch sich der verängstigte Ulbricht dann mit der Entstehung der Salzlagerstätten beschäftigte, kann an dieser Stelle nicht weiter ausgeführt werden. Es sei nur noch bemerkt, daß jeder Mensch sich verwandeln kann, wenn er sich in Lebensgefahr wähnt.

Der in seinen Träumen vom getöteten Damhirsch aufgesuchte Kurzsichtige hat es doch tatsächlich in Erfahrung gebracht, daß vor vielen Millionen Jahren im Mittelgebirge Deutschlands große Salzlagerstätten entstanden sind. Warum ist die Entstehung der enormen Mengen an Salz nicht auf ein konkretes Ereignis in der Geschichte der Erde zurückzuführen? Solche Fragen stellte sich Ulbricht jetzt täglich.

Wörter wie »Barre«, »Transgression« oder »Variskische Gebirgsbildung« gehörten fortan zu seinem täglichen Gebrauch. Die ausgesandte Harz-Mannschaft hatte ihm zuverlässige Informationen beschafft. Die Liste war lang und das freute ihn.

Entschlossen wie er jetzt war, ließ er sich nicht mehr davon abhalten, im Mittelgebirge ein Paradies für die Hirsche zu errichten. Die Zeit spielte keine reale Rolle mehr für ihn, er hatte sich gewissermaßen in ihrer Relativität verloren. Nicht ohne Stolz stand er nun auf und dachte in Zyklen von fünfundvierzig Millionen Jahren. Sein Sekretariat wurde mit Fachkräften aus der Geologie besetzt, der politische Alltag verwandelte sich in eine Perm-Zentrale. Der Salinar-Zyklus ist mein Fachgebiet, sagte er sich selbst mehrmals am Morgen, gleich nach dem Aufstehen, und mit Vorliebe beim Rasieren. Der Spiegel schwieg, seine Arbeit war nicht das Reden. Der Spiegel gab die Bilder wieder. Und das tat er gut.

Der Damhirsch war mehr als zufrieden. Der Staatschef war abgelenkt. Er lernte jetzt alle deutschen Mittelgebirge in alphabetischer Reihenfolge auswendig. Die Orte im Harz hatte er schon in sein neues Vokabelheft hineingeschrieben, auch die Namen der Flüsse konnte er fast auswendig. Bald würde Ulbricht selbst alle Ausflugsziele der Gegend aufsuchen und eigenäugig die Schlösser und Burgen inspizieren.

Vorher aber studierte er alle Maler, die den Harz abgebildet haben, mit Ernst Helbig, Hermann Hendrich, Edmund Kolbe, Wilhelm Pramme und Adolf Rettenbusch kannte er sich vor- und rückwärts aus. Im Zentralkomitee widersprach ihm niemand. Aber draußen geriet das System in Schieflage. Die Sowjetunion schickte Faxe. Der Hobby-Geologe rasierte sich so gerne wie noch nie. Ein als »geheime Verschluß-Sache« deklariertes Schreiben ging per Eilbrief nach Moskau. Dreizehn von zwanzig Mitgliedern des Politbüros unterschrieben den Brief, in dem sie mit »fadenscheinigen Argumenten«, wie historisch nachgewiesen wurde, die Ablösung des ersten Sekretärs forderten. Darin heißt es:

»Leider können wir nicht umhin festzustellen, daß sich bei dem uns anführenden Genossen in der letzten Zeit bestimmte negative Seiten seines ohnehin schwierigen Charakters immer mehr verstärken. In dem Maße, in dem er sich vom wirklichen Leben der Partei, der Arbeiterklasse und aller Werktätigen entfremdet, gewinnen irreale Vorstellungen und Subjektivismus immer mehr Herrschaft über ihn. Im Umgang mit den Genossen des Politbüros und mit anderen Genossen ist er oft grob, beleidigend und diskutiert von einer Position der Unfehlbarkeit.«

Auf Burg Falkenstein ist der von Moskau Abgesetzte zuerst aufgetaucht, genau ein Jahr nach dem ersten Traum, in dem ihm der Damhirsch in seiner wahren Gestalt erschienen war. Man habe ihn aus »gesundheitlichen Gründen und freiwillig« zum Abdanken bewegen können, sprach es sich herum. Ulbricht selbst sagte aus, nach reiflicher Überlegung habe er sich entschieden, das Zentralkomitee zu bitten, ihn seiner Funktionen zu entbinden. Die Jahre hätten ihr Recht gefordert und ihm sei es nicht länger gestattet, eine solche, zumal eine derart anstrengende Tätigkeit auszuüben und für ein ganzes (beziehungsweise für ein halbes) Volk zuständig zu sein.

Der Kurzsichtige blieb bis zu seinem Tode erster Staatsratsvorsitzender. Aber in dieser Funktion war ihm jeglicher politische Spielraum genommen worden. Sein Einfluß war aufgehoben. Die Partei konnte nicht wissen, welche Rolle ein Damhirsch für den Kommunismus gespielt hatte. Ulbricht hatte irgendwann aufgehört, an seine politische Karriere zu denken. Manchmal rief er noch in Hollywood an, aber Burton nahm nicht ab. Die beiden Damen waren ihm wegen seiner schlechten Augen ohnehin entgangen. Er war froh über diese politische Totalpause, mit seiner ganzen Kraft widmete er sich seinem neuen Leben.

Mit dem Damhirsch hatte er sogar einen regen Briefaustausch begonnen. Odos Briefe schrieb er alle noch einmal ab, um sie besser zu verstehen. In seinem geologischen Notizbuch hielt er hinzu alle seine Erfolge als Forscher fest. Trotz seiner Kurzsichtigkeit hat er sich viel mit Flora und Fauna beschäftigt. Kurz vor seinem Tod soll er gedanklich den Damhirsch seiner Träume mitten in Leipzig, direkt vor der Nikolai-Kirche, materialisiert haben. Da er nicht mehr Ulbricht war, erlebte er die Wende als Freiheit. Der Damhirsch hat sein Leben vorgespult. Die Zukunft sah für Forscher anders als für Politiker aus. Das begriff er, als er die vielen Menschen erblickte, die aus der Kirche kamen. Sie trugen Kerzen in den Händen, hielten sie mit beiden Händen fest, jemand schlug auf sie ein, aber sie wehrten sich nicht, sie hatten keine Hand mehr frei und ließen die Kerzen nicht fallen.

Nach der Wende hat Ulbricht einen anderen Namen angenommen. Es ist eine andere Geschichte, aber sie soll dennoch hier kurz Erwähnung finden. Zu der Geologie hatten sich professionelle ornithologische Kenntnisse gesellt, die in diesem Zusammenhang richtigerweise Fähigkeiten genannt werden sollten. Dabei hat der einstige Kommunist, heißt es von den Zeitzeugen, alle Zäune des Landes herunterreißen lassen, ganz Deutschland sollte ein großes Vogelland werden. Nachgewiesen ist auch, wie sehr er sich mit Goethes Naturwissenschaftlichen Schriften auskannte, daß er sein Thema von der Urpflanze aufgegriffen und ein Werk darüber verfaßt hatte, wie sich die Träume auf den Alltag des Menschen auswirken können, wenn man sich den höheren Bildern anvertraut.

*Leicht ist es nicht, zögert aber das übliche Sterben hinaus.*

Dies ist der letzte Satz, den er kurz vor seinem Tod in das Notizbuch geschrieben hat. Davor hatte er einen wissenschaftlich profunden Aufsatz über die Abstammung der Vögel verfaßt und sich auf ganzen fünfzig Seiten mit dem »Urvogel« beschäftigt. Wie er auf den Gedanken der höheren Bilder gekommen ist, das weiß nur Odo.

Niemand kann mehr herausfinden, ob der einstige Staatsmann eigentlich verheiratet war und weshalb er so viel Zeit hatte, sich mit dem *Archaeopteryx lithographica* zu befassen. Von einer ihm nahestehenden Person ist er eingeäschert worden. Ein Grab wollte er nicht. Darauf hätte man seinen Namen schreiben müssen, sein Geburts- und auch sein Todesjahr. Er aber war nicht mehr ein Mann mit einer verfügbaren Biographie. Seinem Gefühl nach stand ihm ohne weiteres das Nichts zu.

# Der Bote des Cerebellums

*Für Ingeborg Bachmann*

Der übermütige Industrielle Paul Kuppelwieser lebte in jener Zeit, in der Österreich einen Süden hatte. Beheimatet war der Herr nirgendwo sonst als in der Monarchie. Seine große Liebe galt der Stadt Pula, die damals noch zum königlichen Terrain gehörte und die er im Jahre neunzehnhundert zum ersten Mal besuchte. Nach einem Aufenthalt auf den Brijuni kaufte der Österreicher die vierzehn Inseln. Solche Leute nennt man heute Visionäre, aber daß sie folgenreiche Entscheidungen treffen müssen, wird gerne vergessen. Die Menschen denken, die Demokratie werde das schon allein besorgen, und verstehen nicht, wie frevelhaft sie sich zuallererst gegen sich selbst verhalten.

Erklärt man ihnen, daß in der Monarchie keineswegs alles schlecht war, weil man sie, durchaus verständlicherweise, irgendwann für überholt und also für abschaffungswert hielt, sind sie überrascht. Die meisten denken, alles Alte sei schlecht. Aber das ist nicht wahr. Die Inseln und das Meer sind auch alt, Istrien, das nicht Italien ist, irgendwie auch, und niemand kommt auf den Gedanken, sie der Vergessenheit anheimfallen zu lassen.

Kuppelwieser konnte ahnen, aber nicht wirklich wissen, wie sehr sein Leben in Istrien ein anderes werden würde. Von Yly mochte er später nicht mehr sprechen. Es machte ihn traurig, von ihr zu erzählen, sich daran zu erinnern, wie sie eines Tages die Inseln verlassen hat und nicht mehr aufgetaucht ist, damals, nach ihrer Entdeckung des Cerebellums. Niemand wußte, was das eigentlich war. Yly hatte Ideale und sie wollte nicht nur Ferien wie die anderen machen. Auf ihren Schultern wohnten anfangs unzählige Marienkäfer. Sie lebte für Dinge, die wichtiger sind als Tanzkleider, Schminke und buntgemalte Augen. Ihr ganzer Glaube galt dem Inneren der Zellen.

Die Archive sind voll von diesen mythischen Geschichten. Eines Tages sei sie bei Paul Kuppelwieser aufgetaucht und habe mit ihm gesprochen. Wer Yly war, läßt sich von heute aus betrachtet nicht mehr genau sagen. Viele behaupteten damals, unter ihnen Reisende wie Thomas Mann und James Joyce, das sei der Deckname einer weltberühmten Libelle.

Eine österreichische Dichterin hat Yly ihren Gedichtband *Arbor vitae* gewidmet, hat in den Stadtarchiven von Pula, in den medizinischen Fakultäten von Zagreb, Wien, Triest und Budapest nach ihren Aufsätzen geforscht. Aber nur weniges ließ sich wirklich verwenden.

Andere meinen, Frauen hätten sich zu allen Zeiten allen möglichen Firlefanz ausgedacht, damit sie auffallen und am Ende doch nur hübsch aussehen. Man glaube Yly nicht, sich nicht für Pomade und Wimperntusche interessiert zu haben. Das klingt so, als sei Yly mit irgendwelchen übernatürlichen Flügeln ausgestattet gewesen, als habe sie das ganze weibliche Spektakel gar nicht gelebt. Das ist selbstverständlich allzu verknappt, als daß es hier eine weitere Beachtung verdiente. Natürlich sind das Sätze von Männern, die nicht ein einziges Mal versucht haben, eine richtige Frau wenigstens auf dem Papier zu erfinden.

Die Geschichte von ihrer Engelsgleichheit ist reiner Unsinn. Es entspricht nicht der Wahrheit. Yly war keineswegs eine Flügelfrau. Die Geschichte mit den Marienkäfern ist wahr und schlüssig. Sie bringen Glück. Istriens Pinien sind dafür sehr brauchbare Zeuginnen. Zwei, drei Grenzen weiter ist das Glück ein Gefahrengut, und wenn man es hat, wird man verdächtigt, es jemandem gestohlen zu haben. Der Marienkäfer beschützt die Kinder und heilt die Kranken. Wenn er ihnen zufliegt, schütteln sie die Käfer nicht ab. Sie sagen, gegenüber dem Schicksal macht man sich sonst verdächtig.

Yly mochte allein schon die vielen Farben, das Rot, Orange, Schwarz, Braun, Grau, und einmal war ihr sogar ein blauer Marienkäfer zugeflogen. Sie stellen sich bei Gefahr tot, hatte sie an jenem Abend gesagt. Das war alles, was sie sagte, als sie vor Paul wie vor einer unbekannten Welt stand. Und er sah der Käferversammlung zu, lange schaute er hin, wie auf ein fremdsprachiges System, das ihn im gleichen Maße faszinierte, wie es sich ihm entzog.

Beim Fliegen schlagen sie fünfundachtzigmal in einer Sekunde die Flügel, sagte sie, hier ist ein Zweipunkt, hier ein Vierzehnpunkt, hier ein Zweiundzwanzigpunkt. Der Rest: alles Siebenpunkter. Überall schwirrte es auf Ylys Schultern. Unzählige kräftige kleine Beinchen und unruhige Flügel waren auf ihrer Haut zu sehen. Die Larve des Marienkäfers häutet sich dreimal, bevor sie ihre volle Größe erreicht hat, sagte sie zu Paul, wie sie immer zu ihm alles gesagt hatte.

Er hörte ihr zu, er war der Industrielle. Sie lachte, sie war eine Forscherin, sie dachte sich eben etwas aus, irgendwie, dachte sie, muß ich ja überleben. Der Marienkäfer ist noch mit seinem Kleinhirn verbunden, er ist sein Bote, sagte Yly. Aber das war schon der Teil, der das Cerebellum im Auge hatte.

Die damaligen Menschen hatten keine Ahnung, was das sein sollte, ein Bote des Cerebellums. Die österreichische Dichterin hat es gewußt. Sie hat ihn in ihren Gedichten beschrieben. Von der Hypophyse, von der Zirbeldrüse wußten die gewöhnlichen Leute damals noch weniger, es war also nicht verwunderlich, daß das ganze Kleinhirn zu einer *terra incognita* verkommen war.

Yly hatte Paul sehr gern, aber das einzige, was sie wollte, war schlicht und ergreifend wieder Klarheit in die Welt zu bringen. Sie war überzeugt davon, im Kleinhirn das Tor zu einem inneren Archiv, die Heimstatt aller Bilder gefunden zu haben. Dahinter witterte sie DIE BIBLIOTHEK. In ihr seien alle gedachten Gedanken und alle je gesagten Sätze der Menschen in Form von Katalogen abgelegt. In diesen Katalogen, ähnlich dem VLB, dem Verzeichnis aller lieferbaren Bücher, komme man nur per Bilderinnerung voran. Unsere hier erworbenen Lesekenntnisse seien dort vollkommen unbrauchbar. Aber ergänzten durchaus unsere Vorstellung vom Alphabet, vom Körper und von den Ohren.

Damit machte sich Yly nicht gleich Freunde. Keiner der Inselbesucher wollte in so einem fürchterlichen Bibliothekskatalog verzeichnet sein. Sie schämten sich, dachten an ihre staatlich gestützten Lügen, an ihre Amouren, ihre Heucheleien und den einen oder anderen kleinen Betrug, den sie selbst gerne vergessen hätten.

Yly fehlten Beweise und ihr fehlten die handelsüblichen Geräte. Sie stand am Anfang ihrer Forschungen und hatte nicht vor, den Menschen angst zu machen, zumal in einem aufstrebenden Jahrhundert. Sie glaubte an Ehrlichkeit und an das beständige Hineinkommen in so etwas wie *Transparenz*. Da sie sehr bescheiden war, behauptete sie von sich, keine erzählerische Phantasie zu haben, eher schlicht und malerisch zu sein. Sie denke in Bildern, sagte sie. Auf die Wirklichkeit sah sie wie jemand, der beim Atmen keine Luft holt, sondern fortwährend einen Pinsel führt, obwohl sie selbst nie gemalt hat. Die Wissenschaft bot ihr in der Monarchie das beste Podium, vielleicht wäre sie sonst mit einer hysterischen Person verwechselt worden.

Nie hat Yly die Absicht gehegt, andere Menschen zu verschrecken oder ihnen den Boden unter den Füßen wegzuziehen. Diese über sie verbreiteten Gerüchte verdanken sich einigen Mißverständnissen, die auch ihr Freund Kuppelwieser nicht aus der Welt räumen konnte.

Paul Kuppelwieser hat Yly geglaubt, und mit ihrer Hilfe hat er die tyrannische Malaria bewältigen können. Yly kannte Robert Koch, sie hatten einander beim Studium schon geschätzt und sie wußte, daß er sich in Italien aufhielt. Zu diesem Zeitpunkt hatte Koch noch nicht den Nobelpreis erhalten, aber schon damals hatte er eine Ahnung von den feinen Zusammenhängen und Abläufen innerkörperlicher Systeme.

Er wäre der ideale Inselgesprächspartner für Yly gewesen. In den neusten Werken eines weltberühmten Mythenforschers wird die Mutmaßung geäußert, Yly sei jene junge Frau, die auf der Gedenktafel auf den Brijuni-Inseln dem deutschen Bakteriologen einen Kranz umlegt. Direkt am Steinbruch, aus dem ein kühler Wind herausströmt.

Im Grunde ist es Robert Koch zu verdanken, daß die Inseln zu einem mondänen Ferienort ausgebaut wurden. Hätte er nicht die Malaria bekämpft, hätte Paul Kuppelwieser seine Vorstellungskraft gar nicht ausleben und inmitten der wilden Insellandschaft moderne Hotelanlagen bauen können. Und später, ja später hat es Yly gegeben.

Bald war schon die Welt der Habsburgisch-Ungarischen Prominenz zur Kur und zum Vergnügen auf den Inseln eingetroffen, die Schroffheit der Natur gebändigt und ins Arkadische gewendet, Festsäle, das weite blaue Meer, Klippen, Badeanstalten und einiges mehr harrte hier der Zukunft entgegen.

Auch der Kaiser ließ es sich nicht nehmen, Gast auf den Brijuni zu sein. Bei einem seiner Kuraufenthalte hat sich Yly mit ihm unterhalten. Niemand von den damaligen Zeitzeugen hat ein Dokument dieses Gesprächs hinterlassen, niemand kann sagen, ob die späteren Gerüchte sich wirklicher Wahrheit oder nur der erdachten Erzählung hysterischer Umstände verdankt, zu denen die Menschen in einer Monarchie offenbar neigen.

Das hartnäckige Gerücht besagt, der Kaiser sei beim ersten Blick in Ylys Augen abhängig von ihr geworden. Das ganze Kaiserreich habe unter seiner Liebe zu diesem unbekannten Wesen gezittert. Yly lispelte ein wenig, und der Kaiser liebte diese kleine Ungeschicklichkeit in ihrer sonst behutsamen Sprache. Sei es drum, soll er gesagt haben, für Yly höre ich auf, der Kaiser zu sein. Aber er verhielt sich noch immer durchgängig wie ein Monarch. Die junge Frau hat einen Schreck bekommen. Damals hatte sie keine Ahnung von ihrer Wirkung auf Männer im vorgerückten Alter. Sie wußte nicht, wie sie als Frau einem Kaiser widersprechen und auf welche Art sie sich ihm entziehen konnte, hatte aber, trotz seiner allzu eindeutigen Absichten, nicht vor, sich von ihm küssen zu lassen.

Der in Schwung gekommene Kaiser berief nun jeden Abend eine Tanzgesellschaft ein, von überall her kamen die prächtig Gekleideten, brachten Musiker mit, man tanzte, man amüsierte sich und irgendwann reichte es Yly.

Sie hatte genug von dem Getanze und Getue und sie sagte dem Kaiser frei heraus, sie sei nichts weiter als eine junge Wissenschaftlerin, die hier ihre Arbeit machen wolle. Was ist denn Ihre Arbeit, fragte der Kaiser entsetzt. Ich forsche nach dem Cerebellum, sagte Yly und der Herrscher schwieg erst einmal ganz lange, ließ dann die auseinandergezogenen

Mundwinkel wieder milde zu einem Lächeln auftrumpfen und sagte, aber warum müssen Sie um Gottes willen arbeiten.

Yly sagte, genau deshalb. Um Gottes willen. Und was ist Gott nach Ihrem Empfinden, fragte der Kaiser. Der liebe Gott ist ein guter Mensch, sagte sie. Ich kann nicht jeden Abend tanzen, während meine große Aufgabe unerledigt auf mein ganzes Wesen drückt. Ich bin Forscherin, wiederholte sie nun voller Aufregung, denn der Kaiser rührte sich nicht. Die Musik war weiterhin zu hören. Der Kaiser dachte auch gar nicht daran, die Veranstaltung abzubrechen. Alle hatten bemerkt, daß etwas nicht stimmte, und sahen ungeniert zu Yly und dem Kaiser, der nun mit strenger Miene in die Ferne schaute, als habe seine eigene Tochter ihm eine Ohrfeige gegeben, als überlege er jetzt, mit was für einer großen Ewigkeit er ihr seine innerste Kühle zu zeigen vorhatte. Aus unerfindlichen Gründen klatschten die Leute in diesem Augenblick, wieder mußte jemand Bedeutendes den Saal betreten haben.

Yly blieb vor dem Kaiser stehen, schmiß die schicken Handschuhe auf den Boden, zog das Kleid von der Erde hinauf zu ihren spitzen Knien, und ihre schlanken Waden leuchteten mitten hinein ins verbissene Schweigen des Kaisers. Mein Cerebellum lasse ich nicht wegen Ihnen stehen, schrie sie ihn an, damit er endlich ein Wort sagte und sie sich entfernen konnte.

Bleiben Sie, Ihr Cerebellum ist doch gar nicht so wichtig, sagte er, Sie wollen doch nicht ernsthaft, zumal mitten in so einem schönen Sommer, auf die Ewigkeit einwirken. Sie wandte sich von ihm ab, um den Tanzsaal zu verlassen. Eigentlich wußte sie überhaupt nicht, wohin sie gehen wollte. Immer war sie weggegangen, und auf den Brijuni wähnte sie sich endlich angekommen. Bei diesen Menschen hatte sie bleiben wollen, sie beherrschte die Sprachen der Monarchie, fließend konnte sie sich in Ungarisch, Deutsch, Kroatisch, Rumänisch, Tschechisch und Rutänisch unterhalten. Und Italienisch verstand sie auch. Nur wenn die Hymne »Gott erhalte den Kaiser« in allen sieben Sprachen gesungen wurde, hielt sie sich mit ihren Sprachkenntnissen zurück.

Jeder wußte, was Ylys Weggehen für Paul Kuppelwieser bedeutete. Es war zweifelhaft, ob der Kaiser je wieder auf die Brijuni kommen würde. Draußen schaute Yly auf das nachtblaue Meer hinaus. Der gleiche Gott, der den Kaiser erhielt, war auch für das Cerebellum zuständig. War es wirklich der gleiche, fragte sie sich. Paul kam zu ihr, setzte sich auf die Kaimauer und schwieg. *U cerebellumu je sakrivena tajna života*, flüsterte sie. Im Cerebellum ist das Geheimnis des Lebens enthalten, und ich will herausfinden, wohin uns das führt.

Paul hat keinem erzählt, was er dann von Yly erfahren hat. Später hat er den Inselgästen, die nach ihr gefragt haben, immer den einen Satz gesagt:

*Yly ist ein Mensch, der aus seiner Zeit gefallen ist.*

Sie selbst hat ihm den genauen Vorgang an jenem Abend erklärt, sie selbst hat von sich behauptet, ein solcher Mensch zu sein. James Joyce, der sich in Istrien niedergelassen hatte, bezweifelt das in einem seiner bisher unveröffentlichten Manuskripte entschieden. Er war ein guter Beobachter und ging davon aus, sie habe, wie jeder andere Mensch, in ihrer eigenen Zeit gelebt. Einen anderen Ort als die Erde gibt es nicht für uns, nicht für die Art, wie wir leben und leben müssen.

Yly hat das Kreuz als Anschauungsmaterial genommen, hat Paul zu einer Pinie gezogen, in deren Krone das Licht der Sterne funkelte, als sei nicht der Himmel, sondern der Baum die Quelle ihrer Kraft. Auf den Sand hat sie ein Kreuz gemalt. Die Waagrechte, sagte sie, ist die Zeit, in der wir Menschen uns verstricken, *noch* verstricken, wiederholte sie, bis das Cerebellum wieder aktiv geworden ist. Und dann wird es eine Zeit geben, ein ganz neues Jahrhundert, in dem die Kriege aufhören und wir merken werden, daß wir alle sonst im Auftrag der Monarchie, des Staates, der Völker ausgeführten Verbrechen an uns selbst ausführen, und eines Tages werden wir das vor uns selbst, von Angesicht zu Angesicht zugeben müssen, daß wir töten können, ohne einen Auftrag zu haben, ohne einer Armee zu dienen, ohne einen Marschbefehl in der Hand zu halten.

Wir werden dann zwar immer noch auf der Waagrechten beheimatet sein, aber wir werden die Waagrechte kontrollieren, verstehst du, nicht die Waagrechte uns. Im Cerebellum ist die Waagrechte aufgehoben. Das Kreuz ist abgeschafft. In unserem Kleinhirn existiert keine Kirche, da gibt es kein Kruzifix, das uns ans Leiden bindet. Es gibt nur einen Funken. Einen Lebenspunkt. Dieser Punkt ist bei genauer Betrachtung im wesentlichen ein Kreis, der ein gleichschenkliges Kreuz beherbergt. In ihm ist die Zahl Vier enthalten, die Zahl und alles, was es mit dieser Zahl gibt, in unserer Welt, die in dieser zukünftigen Zukunft nicht nur an uns gemessen wird, auch die Marienkäfer sind beteiligt, die Korallen, die blühenden Kastanien, die Algen. Es gibt längst keine Notstandsgesetze mehr, das Cerebellum hat sie vornehmlich auf der Ebene des Wissens überwunden. Die Erfahrung ist nur noch eine Art Transportmittel in das Innere dieses Punktes.

Gut, daß der Kaiser nicht genauer nachgefragt hat, dachte Paul, als Yly ihren letzten Satz gesagt hatte. Sie sah ihn unvermittelt an, die Gedanken werden im Kleinhirn sofort in Bilder, in Pixel und Ränder verwandelt, sagte sie, als habe sie Paul genau gehört. Es herrscht bei jedem logischen Impuls eine Verschiebung der Information, sagte sie, die an die hintere Schädelgrube weitergeleitet wird. Es gibt einen Aufpasser, hinten im Schädel, genannt *Tenorium cerebelli*, er hält das Großhirn von der Arbeit ab, es soll keine Manipulation mehr geben. Zwischen den beiden Hemisphären befindet sich der *Falx cerebelli*. Sie hielt inne, sagte, das ist aber alles nicht so wichtig wie die Tatsache, daß im Sagittalschnitt durch das Kleinhirn starke Einfaltungen erkennbar sind. In Istrien sind die Linien zusammengekommen, intradimensionale Wirbel, Koper, Strunjan, Piran und Motovun sind einem solchen Wirbel angeschlossen. Wenn man einen Strich durch die Orte zöge, käme dabei ein Stern heraus von der Gestalt einer Schneeflocke.

Woher weißt du das alles, fragte Paul. Hast du denn schon einmal ein Kleinhirn zerschnitten? Das spielt keine Rolle, sagte Yly, die Einfaltungen sind wegen ihrer typischen Strukturen *Arbor vitae* genannt worden. Deutlich zu sehen ist diese Gliederung in Rinde und Mark. Der Baum des Lebens, verstehst du, sagte sie, und Paul verstand nicht. Yly hat ein Buch über das Kleinhirn geschrieben. Hundertfünfzig Jahre danach hat ein anderer Forscher für die Weiterentwicklung ihrer Theorie den Nobelpreis erhalten. Er hat Yly namentlich erwähnt, und daß eigentlich sie diesen Preis verdient hätte, lebte sie noch, er hätte ihn gerne mit ihr geteilt.

Es hatte nicht gereicht, sich die Kleinhirnrinde, das Kleinhirnmark und die Kleinhirnkerne einfach nur vorzustellen. Es stimmt, Yly hatte wirklich keine Beweise. Aber sie hat die Grundmauern gelegt, für kommende Bildmenschen, jene, die nach ihrem Modell gearbeitet und herausgefunden haben, daß die Kleinhirnrinde nicht nur aus grauer Substanz besteht, sich in drei Schichten gliedert, die aus der Körner-, Purkinje-, und der Molekularschicht bestehen. Ihre Erben, Menschen mit Realitätsfremdheit, so nannte man sie eine Weile, sind auf die vielen Kleinhirnkerne gestoßen und haben mit ihren Forschungen präzisiert, daß wir ohne sie nicht leben können, daß wir wissen müssen, aus welcher Ecke der Zelle wir gesteuert werden, wie die Synapsen arbeiten und was geschieht, wenn sie es nicht tun, wenn sie nicht wissen, daß wir einen *nucleus dentatus* haben, einen *nucleus emboliformis, nucleus globosus, nucleus fastigii.* Die anderen, die das alles ernstgenommen haben, sind im Kleinhirnmark auf Nervenfasern gestoßen und haben Assoziationsfasern, Kommisurenfasern und Projektionsfasern gefunden.

Die österreichische Dichterin hat in den fünfziger Jahren Ylys Idee des *arbor vitae* aufgegriffen und dem Kleinhirn ein Büchlein von großer sprachlicher Dichte gewidmet.

Nichts gehe verloren, auch das Nichts nicht, stand dem Werk als einer von zwei Leitsprüchen voran. Es war ein Zitat von Yly und war von der Dichterin aus einem der vielen Notizbücher entnommen worden, die in der Exilbibliothek von Wien einsehbar waren. Das zweite Motto stammte von Thomas Mann, der eigentlich der Dichterin fremd war, aber hier eine bewegende Nähe zu Yly herstellte, die es ihr wert war, in ihrem »Baum des Lebens« Erwähnung zu finden:

»Das Wunderkind kommt herein; – im Saale wird's still. Es wird still, und dann beginnen die Leute zu klatschen, weil irgendwo seitwärts ein geborener Herrscher und Herdenführer zuerst in die Hände geschlagen hat. Sie haben noch nichts gehört, aber sie klatschen Beifall; denn ein gewaltiger Reklameapparat hat dem Wunderkinde vorgearbeitet.«

Die Dichterin konnte nicht wissen, was an jenem Abend am Strand der Inseln, unter dem behütenden Auge der Stadt Pula geschehen war.

Yly hatte emphatisch ihre Ideen formuliert und Paul sah, wie das Feuer aus ihren Augen heraussprang, bei jedem Wort, ein neues, noch größeres Feuer. Aber er verstand nicht alles, er verstand schon gar nicht, warum Yly den Kaiser beleidigen mußte, nur weil sie ihr Cerebellum finden wollte. Es genügte doch, daß sie in keiner Sprache die Hymne singen wollte. Ihr Cerebellum! Dafür mußte sie doch nicht andere vor den Kopf stoßen. Nervös malte er mit dem rechten Fuß immer wieder ein Kreuz, dessen senkrechte Linie in einen Kreis überging. Und auch den Kreis malte er mit dem Fuß zu Ende. Yly sah es, er malte bereits das, was sie vor sich gesehen hatte, das Symbol, und in ihren Augen war das der Beweis dafür, daß allein das Reden über das Kleinhirn schon seine Möglichkeiten größer werden ließ.

Sie hatten Schritte gehört. Als sie sich umdrehten, stand der Kaiser vor ihnen. Paul sprang nervös zur Seite, verwischte aber vorher noch das Muster im Sand. Der Kaiser sah sie beide an, sagte nichts, nickte, sah auf das Meer hinaus und sagte dann doch etwas. Es ist Ihnen also ernst damit, und ich muß annehmen, daß auch ich so ein Cerebellum in mir trage. Paul sagt, Yly habe genickt.

Der Kaiser bot ihr eine Forschungsreise an. Aber Yly wollte nicht weg. Sie wollte gerade nicht mehr weg, das Cerebellum ließ sich nicht in der Ferne finden. Mit einem Mal klatschte es laut im Tanzsaal, die Musik wurde lauter, wieder klatschten die Menschen. Yly sah auf das Meer hinaus. Das Klatschen nahm kein Ende. Am nächsten Tag war Yly nicht mehr auf der Insel. Paul Kuppelwieser hat an seinen Plänen zum Straßenbau gearbeitet, er hatte vor, Istrien mit Dalmatien durch eine modern ausgebaute Landstraße zu verbinden, und die Idee eines Wasserversorgungssystems hatte ihn in Beschlag genommen.

Die österreichische Dichterin ist mehrfach auf die Brijuni-Inseln gereist, hat sich lange in Pula aufgehalten und hat die Archive der Stadt nach Spuren von Yly durchforstet. Die Hinweise waren spärlich, aber eine Biographie hatte Yly natürlich schon. Das Weinen des Windes in der sinnentleerten Arena hatte wohl auch Yly schon gehört, damals, als die Leute, der römischen Geschichte zum Trotz, ihre Baugerätschaften, ihren Beton und ihre Maschinen dort abgestellt hatten.

Die Dichterin ging einmal um die Arena herum. Der weiße Stein strahlte in der Mittagssonne auf sie ab, auf ihr weißes Kleid, ihre zehenfreien Sandalen und die hellrosa lackierten Nägel. Auf einem Spielplatz sah sie die drei Töchter ihrer Wirtschafterin. Alle hatten sie eine Streichholzschachtel in der Hand. In den Schachteln hatten sie Marienkäfer gesammelt. Wenn die Mädchen die Schachtel öffneten, versuchten die Käfer wegzufliegen. Ein Köpfchen folgte dem nächsten, und erst als eines der Mädchen von der Kopftortur abließ und die Marienkäfer hinausfliegen konnten, taten die anderen es ihr nach.

Ihre roten Bäuche hielten sich erst unsicher, dann ganz gerade in der Luft. Jene Richtung, in die sie entflogen waren, erkoren die Mädchen sich als die Richtung der Liebe, der eigenen Zukunft, in der sie einmal Frauen sein würden, mit sehnsüchtigen Augen, einem eigenen Kind, das eine eigene Marienkäferschachtel in der Hand hält und bereit ist für die Zukunft, für eine neue Richtung der Liebe.

Aber die Dichterin hat Yly nicht finden können. Die Arbeit an ihrem Buch war beendet. Sie dachte an das Wunderkind aus Thomas Manns Erzählung. Noch immer klatschten in ihrer Vorstellung die Menschen für das Wunderkind. Der Applaus ist stark und aufhellend schnellt er nach oben. Den Leuten im Publikum geht ein starker Schauer durch die Wirbelsäulen. Es ist die Zeit der Erben. Die Alchemisten haben ihre Arbeit getan. Die Alchemisten sind am Ostersonntag gestorben. Die Bibliothek, die Yly im Kleinhirn vermutet hatte, gibt es wirklich. Keiner hat sie je betreten. Die österreichische Dichterin stand kurz vor der Eingangstüre zur Bibliothek, hatte auch schon die Klinke des offiziellen Haupttores in der Hand, als jemand schrie, im Vestibül sei Feuer ausgebrochen. Das Rubinrot wurde hungrig, es verbreitete sich schnell. Für den Weg zurück hätte es genug Zeit gegeben, aber die Dichterin ist nicht weggerannt, sie ist dageblieben, ganz und gar, sie hat vor dem Tor auf das Feuer gewartet.

Die Luft roch schon bald nach Verbranntem, sie stellte sich vor, daß die Asche aller Erstausgaben so riecht, die den Flammen zum Opfer fallen. Erst als sie begriffen hatte, daß sie selbst gar nicht verbrennen wollte, daß sie aus Fleisch und Blut war, daß sie einem ihr auferlegten fremden Willen gehorcht hatte, fing sie an zu überlegen, wie sie zum großen Tor gekommen war.

Sie sah sich um, der Flur war lang, links und rechts und

am äußersten Ende bestand er aus verglasten Türen. Es wurde heiß. Sie rannte jetzt blind um ihr Leben. Die ewige Stadt wartete draußen in der Welt auf sie, der Himmel war blau. Und eine einfache Sitzbank genug. Trost. Im Cerebellum ist es heiß, sagte sie laut, krempelte ihre Ärmel bis zum Ellbogen hinauf, trank Wasser vom nahen Brunnen, ließ sich das Wasser über den Kopf laufen, nahm noch einen großen Schluck für unterwegs. Und ging erst zum Tor. Dann zur Klinke. Dann zur Bibliothek. Dann zu dem Regal mit den Erstausgaben. Dann zu Yly, zum Feuer zurück.

## Die Meeresseite der Orange

Im Winter, wenn die Gedächtnisse wie unter Schwefel liegen, bricht etwas in den Sätzen der Menschen auf und die leere Welt ihres Inneren wird gewendet, damit sie die Tiere fragen, die es sie lehren, damit sie die Vögel unter dem Himmel fragen, die es ihnen sagen, damit sie mit der Erde reden, die es sie lehrt, damit sie die Fische im Meer fragen, die es ihnen erzählen. Im Kopf des Kopfes, ganz am unteren Ende, wird eine neue Leitung gelegt und der Mensch hört auf, alles unter dem Aspekt seiner Verdauung zu betrachten. Ein Engel im Kindergarten, ein altkluger Engel, ein Engel, noch weiblich, kommt vorbei und der Winter wird umgepflügt, mit einem besseren, mit einem tastenden Engel. Jemand als jemand kann nicht ein Gedächtnis befreien, jemand als Schelle der Erinnerung schon.

Auf der Kahlen Insel weht ein eisiger Wind, ein Wind der Vergangenheit, der Strafe und erzieherischen Welt, ein Wind des Sterbens und der ausgebürsteten, kahlgeschorenen Liebe. Sie wächst nicht nach, diese Liebe, sie ist kein sanftes Schaf. Aber dennoch, dort, die Möglichkeit einer Lilie der Täler, das Maiglöckchen mitten in den alten Baracken. Das niedergezogene Leben wird überblumt. Darüber doch die Beständigkeit der Wolken, des blauen Himmels, aber wie im Bilderbuch blau, ganz präzise und ohne Pinsellücken. In den Ruinen Stimmen. Ein Gedächtnis nach dem anderen, kauernd und still, aber dann, wenn der Wind kommt und für wen er kommt und wenn es Winter ist in den müde gewordenen Menschen, werden sie laut, die Stimmen, werden sie getragen, und über das Meer breitet sich unsichtbar und nah das Wissen aus.

Nah an den einstigen Baracken, ganz nah dran, wohnt ein

Mann. Er hat ein Aufnahmegerät mitgebracht, es ist kein technischer Apparat, es ist ein richtiges Zu-wissen-Begehren. Vor seinem Haus wächst ein Orangenbaum. Eine einzige Frucht ist vom Fenster aus zu sehen.

Die eine Seite der Orange zeigt ins Hausinnere, die Meeresseite der Orange leuchtet stark, in ihr speichert sich jeder Strahl der Sonne, auch im Winter, wenn die Orangen in anderen Ländern wachsen. Diese eine Frucht läßt sich nicht vertreiben. In ihr lebt kein Glaube an die Vergangenheit, in ihr lebt nur ihre eigene Farbe, und das Außen ist der Orange egal. Stolz zeigt sie der Welt ihre Meeresseite.

Der Mann hat an die Wand seines kleinen Hauses einen Vers aufgemalt, er hat die Wörter gemalt, mit großen Buchstaben, wie ein Bild, mit einem vollen, dunklen violetten Stift. Ein Vers von Hoffmann von Fallersleben ist es. Diesen hat er in seiner eigenen Meeresseite mitgebracht. Der Mann hat wie die Orange eine Meeresseite, eine schöne innere Seite, die man nicht sehen und nicht beweisen kann. »Maiglöckchen spielt zum Tanz im Nu / und alle tanzen dann. / Der Mond sieht ihnen freundlich zu / hat seine Freude daran.« Jeden Abend schaut der Mann sich sein Gemälde an.

Draußen ist es noch Winter, draußen, wo kein Mais die Giftstoffe aus der Erde herauszieht, weil keiner mehr Mais anpflanzen kann. Aber es kommen Leute vorbei, mit Maschinen und Computern in den Händen, die von der Meeresseite der Orange gehört haben, und sie wollen die Frucht überprüfen. Dafür sind sie auf die Kahle Insel gekommen, für das Überprüfen, aber keiner nimmt sich der Bodenbestände an und keiner kennt die richtige Atmung, von der die Orange offenbar lebt, ihre eigene wird sie haben oder angeschlossen sein an eine größere Lunge, die in einem anderen

Land zu Hause ist, in einem der Länder, in denen die Orangen ganzjährig wohnen.

An den Sonntagen scheint alles hell zu sein, dabei ist der Winter auf der Kahlen Insel auch an den Sonntagen immer noch Winter und keiner merkt es, weil die Maschinen und Computer so schwer sind und man beim Tragen dieser Gegenstände so schwitzen muß, mit einer heißen Haut, wie im richtigen Sommer.

Vergleichsweise still ist es in den Menschen, die sich nicht mehr in den Jahreszeiten auskennen. Die Busse warten. Die Fähren warten. Der blaugemalte Himmel wartet nicht. Das Meer auch nicht. Der Mann schaut ab und an aus seinem Fenster, er sieht die Orange, das Meer und den Himmel und er weiß, wie er für sie ist, der Zustand des Nicht-Wartens. Eine alleinwachsende Orange wartet auf nichts und niemand. Der Mann wartet auch nicht. Er ist nur vorbeigekommen, um Zeuge zu sein, bei der Abschaffung des Winters, in einer Zukunft, die er noch nicht kennt, aber derentwegen er geboren wurde.

In ihm ist es lange Zeit still. Manchmal rumort es dann aber doch in seinem Inneren. Besonders dann, wenn das Gedächtnis seines Vaters ihn drängt, in der Baracke Nummer zehn nach ihm zu suchen.

Der Mann kann nicht gehorchen. Er ist freiwillig auf die Kahle Insel gekommen. Und er möchte von sich aus das Gedächtnis seines Vaters finden, es ganz allein finden, ohne ständig dazu aufgefordert zu werden. Er redet mit der Orange, bis er merkt, daß die einfach nur wächst und nicht viel zu sagen hat. Enttäuscht war er nicht, die Orange war ja schließlich nur eine Frucht, die tat, was sie am besten konnte.

Das Maiglöckchengemälde ist eine kleine Sankt-Martins-Laterne. Es leuchtet in die dunkle Nacht seines Alphabets, und der Mann tritt in den Abendstunden immer öfter an sein Fenster. Er sieht hinaus. Drinnen ist es ruhig, ein menschenferner Geschmack der Ruhe, in dem das Wachsen der Frucht geradewegs zu hören ist. Die unsichtbare Asche kann er draußen riechen. Er wäscht sich das Gesicht, die Hände und läßt kaltes Wasser über seine Venen laufen.

Tags darauf setzt er sich an das Meer und zählt die Wellen, den ganzen Tag zählt er die Wellen, von ferne weht der Duft der Maiglöckchen nah an ihn heran und er vergißt drei Wellen zu zählen. Die Meeresseite der Orange scheint ihn dabei zu beobachten. Seine einzige Zeugin ist sie, die anderen Pflanzen sehen eher teilnahmslos aus, aber vielleicht liegt es nur an ihm, daran, daß er ihnen nichts zutraut.

Das vom Wasser gezeichnete Muster der Steine atmet einen Augenblick lang in seinem Herzschlag. Die Möwen fliegen um die alten Ruinen, ziehen Kreise und durch ihre harrenden Schnäbel weht leise der Wind. Der Mann hört es und der Geruch der kleinen Lilie beherrscht sein Zählen. Das Gemälde, entdeckt er am Abend, ist nicht mehr an der Wand des Hauses zu sehen, die Sätze kann er nicht mehr lesen. Es scheint sich einen neuen Ort gesucht zu haben. Obwohl er gelernt hat, nichts zu vermissen, fehlt ihm sein Gemälde und er beschließt, trotz hereinbrechender Nacht, es draußen zu suchen. Dabei denkt er an die Frucht und daran, was diese eine Orange allein in der kurzen Zeit schon alles gesehen hat.

Ein Nebel ohne Fenster ist aufgekommen. Der Mann sieht nichts, nur sein Atem malt ihm eine Spur in die Welt vor seinen Augen. Er hört seine Lungen arbeiten und geht beständig nach vorne, ohne zu wissen, wo er ankommen wird. Er nimmt den Geruch der Maiglöckchen wahr und folgt nun dieser Spur. Alle Richtungen sind jetzt von den Maiglöckchen erfüllt, und er bleibt stehen, um sie in sich aufzunehmen. Er sucht nicht mehr sein Gemälde. Es ist irgendwo in der Erde versteckt, er hört es, wie es spricht, hört Wort für Wort, sogar die Pausen. Er sieht jetzt auch, wie der Vers aus der Erde herauswächst. Aber der Nebel bleibt. Sein Atem weist ihm die Richtung zum Haus. Zwar vermißt er den Vers im Inneren seines Hauses, aber er überläßt ihn gerne der Erde. Eigenartig kommt es ihm vor, dieses Gefühl in der Brust, das ihm zeigt, wie es ist, etwas zu vermissen.

Zu Hause versucht er, sein Gemälde neu zu malen. Die Wand ist in seiner Abwesenheit feucht geworden. Der fensterlose Nebel wohnt nun tief drinnen in der Wand. Sie atmet manchmal ein und manchmal aus, als hätte sie Lungen. Da ist es ihm nicht mehr möglich, etwas zu malen. Er sieht hinaus. Es ist ganz dunkel und ganz hell in einem. Draußen sieht er etwas, das er vorher noch nie gesehen hat, die Nacht und den darin wohnenden Nebel. Er sieht jedes für sich und beide leben nebeneinander und zugleich ineinander. Im Haus wird alles von der Nacht erfaßt und vom Nebel umpflügt. Auch sein Bett, die Laken sind feucht geworden. Die Stunde der Stimmen naht Die Orange leuchtet. Die Kahle Insel ist in Wirklichkeit nicht kahl. Dieser Name wurde ihr nur gegeben. Das Bett des Mannes wird für die Nacht fertiggemacht und der Nebel legt sich in es an seiner Stelle schlafen. So dicht ist der Nebel, daß der Mann denkt, da schläft der Nebel an meiner Stelle, liegt da, in meinem Bett.

Der Mann setzt sich auf den Boden und horcht, ein neuer Wind ist aufgekommen, der neue Morgen ist ohne Nebel. Er sieht zu seinem Bett und nur ein kleiner Nebelnabel schläft dort noch, ein klitzekleiner Rest. Er weckt den Nebel, es ist Tag, sagt er zu ihm, laß mich jetzt in meinem eigenen Bett schlafen und du gehe hinaus auf das Meer und schlafe dich dort aus. Als der Nebel sein Haus verließ, sah der Mann auf die Wände.

Alle Wände waren mit Namen vollgeschrieben. Sehr viele Namen waren da zu sehen. Der Mann suchte mit seinen Fingerkuppen den Namen seines Vaters. Er suchte lange, überall, in allen Räumen schrieben sich die alten Namen wie von selbst an die Wände, er suchte und suchte den Namen seines Vaters, der aber wurde erst nach Tagen und zuletzt aufgeschrieben.

Als er endlich den Namen seines Vaters erblickte, war er froh. Jetzt war er also sicher, daß er von jemandem abstammte. Niemals mehr würde er diesen Beweis verlieren. Wer einen Namen hat, der hat auch ein Gedächtnis. Nun war es für den Mann erwiesen. Jetzt konnte er das Gedächtnis seines Vaters freiwillig suchen. Das Wetter wurde besser. Die Nebel kamen nicht mehr zurück. Es war Mai und in der feuchten Erde wuchs das Maiglöckchengemälde beharrlich weiter. Langsam auch zeitigte es Gewinn. Der Mann öffnete die Fenster seines Hauses, damit er, wenn ihm danach war, das wachsende Gemälde auch von drinnen sehen konnte. Seinen Mantel zog er nicht mehr an. Er bereitete sich jetzt vor, Zeuge zu sein und in der Gegenwart zu leben. Schiffe kamen, und die Möwen trugen in ihren Schnäbeln die Namen der Reisenden voraus.

Es war, unter Menschen, leicht für den Mann, den Sommer zu grüßen. Die anderen taten es auch. Die Ankommenden zogen ihre Schuhe aus und gingen vorsichtig um die Maiglöckchen herum. Es kam ihnen natürlich vor, daß da ein Orangenbaum stand, leuchtend von der Pracht seiner Früchte. Jeder von ihnen bewohnte für eine Weile das Haus. Die Namen an den Wänden wechselten sich aus, die Gedächtnisse zogen ein und gingen freiwillig wieder mit ihren Besitzern fort. Im Sommer war ein ganz anderer Winter möglich und der galt nur dem Haus, seinem Bewohner und seiner Bereitschaft, ein Zeuge zu sein. Die Betrachter der Wände kamen danach mit einem gesegelten Blick heraus. Der Himmel wartete nicht auf sie. Das Meer auch nicht. In ihren Blick zog etwas Größeres ein, sie selbst lernten es gut, das Warten aufzugeben, ließen sich von niemandem mehr erziehen und genossen den Sommer ohne den Nebel und seine feuchten Laken.

Der Mann hat das Haus dort gelassen, hat das Gemälde dort gelassen, hat sich selbst aber mitgenommen, obwohl er eigentlich noch immer dort ist, weil sein Gemälde dort ist, das wachsende. Er hat das Gedächtnis seines Vaters in der Baracke Nummer zehn gefunden und mit ihm gesprochen. Das Gedächtnis hatte tatsächlich gewartet, das stellte sich beim ersten Gespräch zwischen Sohn und Gedächtnis heraus.

Das Warten hatte sich gelohnt. Es hatte allem Anschein nach eine Befreiung gegeben. In den anderen Baracken werden weitere Besucher erwartet. Die Regierung stellt viele Gemälde zur Verfügung. Es wird dringend davon abgeraten, irgendeines dieser Gemälde anzunehmen, weil auf der Kahlen Insel alles wächst, die Wörter, die Maiglöckchen und auch die fremden Gedanken.

Da jeder seinen eigenen Winter hat, ist Wachsamkeit geboten. Die Nebel warten noch ein bißchen und sie werten nicht. Es ist gut, auf den Wind zu hören, lange hinauszusehen, aus dem Haus zu gehen und in den Räumen zu leben, die zum Haus gehören. Dann wird auch der Tod einmal beschrieben werden können. Das ging jedenfalls dem Mann durch den Kopf, der die Meeresseite der Orange zärtlich küßte, bevor er die Frucht aufaß, das Schiff nahm und nach Hause zurückkehrte.

# Die Werkstatt der Wolken

Ins Herzinnere hatte sich Ara ihre Lebensdevise hineingeschrieben, schweig mein Herz und werde still, wie der große Wind es will. Ara sagte, sie habe nicht gelernt, anders zu leben. Sie war auf der kleinen Insel Ist zur Welt gekommen, unter den sieben piniengrünen Hügeln, gleich neben der Kirche des Heiligen Nikolaus, dem Beschützer der Seefahrer. Ich bin mit ihr oft zu der Stelle gegangen, an der einst das Kloster stand. Von hier aus warnten die Mönche die Inselbewohner vor Piraten, damit sie rechtzeitig fliehen konnten.

Irgendwann ist Ara nicht mehr zu mir gekommen, sie hat allein vor ihrem Haus Kaffee getrunken und ist wortkarg geworden. Die Vögel haben sie nicht mehr interessiert, ach was, das ist doch keine Musik, hat sie gesagt, als ich vom Gesang der Nachtigall oder des Zilpzalps zu sprechen wagte. In der Zypressenallee, die einst Napoleon gepflanzt hatte, ging sie jetzt am Abend allein spazieren und sah in die Ferne, mit ihren sternhellen Augen. In der Erntezeit hörte sie stundenlang dem Rattern des Oliventraktors zu. Niemand hört gerne einem Traktor zu, aber sie hörte ihn gern, als sei das Geräusch verwandt mit ihren Ohren.

An der Zisterne zur Wasserversorgung hat sie dann immer öfter ihre Nachmittage verbracht, allein, und hat gewartet, auf ein Zeichen, auf etwas, das nur sie kannte und dem sich niemand, auch ich nicht, hätte anschließen können.

Du wartest auf die Vergangenheit, habe ich ihr eines Tages direkt ins Gesicht gesagt, das kann nicht gut ausgehen. Ara hat weggesehen, als entdecke sie etwas Wichtiges am Horizont, in die wolkenlose Weite hat sie gestarrt, um mir bloß nicht in die Augen sehen zu müssen. Wenn ich nur einmal die Werkstatt der Wolken besuchen könnte, sagte sie dann, ich würde alles dafür hergeben. Dabei besaß sie überhaupt nichts, sie hatte für nichts ein Talent und kannte sich nur mit dem Warten aus. Um die Werkstatt zu besuchen, hätte sie ihr Warten und ihre Vergangenheit aufgeben müssen. Als ich sie darauf ansprach, sah sie wieder weg, zum Horizont und dachte wieder etwas, das sich mir entzog und an dem sie mich niemals teilhaben ließ. Mit einem versiegelten Blick sah sie mich dann an und ich schwieg. Es war ein Blick, der keine Fragen mehr erlaubte.

Über die sieben Hügel ging sie wie ein Mann, mit einem Rücken, der mehr einem Schwert glich als dem Körperteil eines Menschen. Als ich sie fragte, ob sie jetzt immer so grundlos über die Hügel gehe, sagte sie, daß sie die Werkstatt suche. Sie vermute sie oben, an der spitzesten Stelle des höchsten Hügels, an der es am meisten leuchte, wenn die Sonne scheint. Ich sagte, da wirst du nichts finden. Die Werkstatt will erobert werden, sagte sie, als gehe es jetzt doch nur um ihr eigenes Leben. Ihr Rock flatterte im Wind, die Schnürstiefel gingen bis zum Knie, die Strickweste hatte sie mit einem Gürtel festgemacht, damit sie nicht vom Wind geöffnet werden konnte.

Wenn sie Kaffee trank, vor ihrem Haus, neben ihr Geranien und Buntnesseln, habe ich mich einfach neben sie gesetzt, geschwiegen und nach einer Tasse gefragt. Ich konnte sie nicht allein lassen, ich habe manchmal daran gedacht, aber daß sie nichts sprach, hat mich eigentlich nie gestört. Ich hatte nur Angst vor jener eigenartigen Stille, die sie um sich verbreitete und die auch mir das Reden verbot. Ich spürte es, die Luft sagte es mir, das Gesicht meiner Freundin und auch die Bäume kamen mir wie Sprechende vor. Alles schien mich davor zu warnen, in diesen Augenblicken mit Ara zu reden.

Einmal sagte sie nach einer solchen Stille, wenn du schon da bist, dann hilf mir, den richtigen Eingang in die Werkstatt der Wolken zu finden. Ich versprach ihr, mitzugehen und ihr zu helfen, so gut ich nur konnte, aber daß wir den Eingang wirklich finden würden, das konnte ich ihr nicht versprechen.

Ara war zufrieden, sie dachte ohnehin, daß sie es viel besser allein schaffen würde, das Suchen aber in meiner Gesellschaft mehr Sinn machte, vielleicht weil ich von der Sache mit dem Traum wußte. Als hätte sie meine Gedanken erraten, sagte sie, die Frau habe sie wieder im Traum angerufen. Es sei immer die gleiche. Sie rufe an, gebe Zahlen durch und bitte um Rückruf. Es war schon zehnmal vorgekommen. Und war es immer die gleiche Nummer, fragte ich. Ja, sagte Ara, es war immer die gleiche Nummer, seit der fünften Nacht schreibe ich mir diese Zahlen auf. Warum rufst du sie nicht einmal an, wollte ich wissen. Ich weiß nicht, wenn das jemand mitbekommt, könnte man denken, daß ich verrückt bin.

Bei unserem nächsten Treffen hatte sie die elfte Nacht den Nummerntraum geträumt. Es war das Zeichen, sagte sie, das ist das Zeichen, von dem ich die ganze Zeit gedacht habe, daß es einmal kommen wird. Sie rief die Frau aus dem Traum an und fragte, warum sie ihr schon zum elften Mal ihre Telefonnummer durchgebe. Die andere sagte, sie heiße Anna, komme von der Insel Silba und lebe direkt im Fährort, trage seit einem Jahr einen Zettel bei sich, auf dem Dinge für Ara stünden, man habe ihr das aufgetragen, in einem ihrer Windträume.

Anna kam am nächsten Tag mit der alten Fähre. Ara und ich holten sie ab und sie sagte gleich, daß sie uns kenne. Euch habe ich in den ersten Träumen zusammen gesehen. Habt ihr die Werkstatt schon gefunden, fragte sie und wir sahen sie wortlos an. Sie stand da wie ein Leuchtturm, der uns eine Kunde aus dem Altertum gebracht hatte. Anna lachte und dann tranken wir zu dritt Kaffee vor Aras Haus.

Zuerst müßten wir genau verstehen, wie die Winde arbeiten, sagte sie und flocht sich das Haar zu einem Zopf. Am Abend gingen wir zusammen über die Hügel, sahen hinaus auf das Meer. Anna sagte, es sei nicht gut, das Herzinnere zum Schweigen zu zwingen, aber der Wind wisse alles, wisse auch, wie das richtige Öffnen gehe, ohne den Schmerz, ohne die Vergangenheit, ohne die silbendurchsetzte Erinnerung.

Damals, sagte Ara, als das erste Schiff meines Lebens im Hafen unserer Insel eingelaufen ist, habe ich geweint. Die großen Segel haben mich traurig gemacht, aber vielleicht war es auch Glück, das Hier, die Gegenwart. Der Wind hat sich in meine arbeitenden Gedanken gelegt, ganz sanft, so, wie ein unmerklicher Windstoß sich ins Haar legen kann, wenn es still ist oder wenn man beim Küssen kein Wort denkt.

Die ersten Auswanderer, die das Schiff genommen haben, sind nie wieder zurückgekehrt, sind einfach verschwunden. Haben ihre Koffer und ihre Gesichter mitgenommen, als sei alles Sichtbare ein Gepäckstück. Die Leute haben erzählt, das Schiff habe nur eine halbe Stunde gewartet, danach habe die Sirene laut den Aufbruch kundgetan.

Später hieß es, der Tod habe die Gegangenen bestellt. Ihre Stunde war gekommen. Vielleicht war es auch nur schon seit jeher verboten, an einem einzigen Ort sein ganzes Leben zu verbringen. Der Tod sei der Grund gewesen, der Grund, der sie ihre Gesichter hat vergessen lassen. Der Tod ist die erste Sprosse, sagte Ara, der eine Leiter ins Herzinnere legt.

Etwas Größeres hatte er für die Männer aufgestoßen, die Grenze habe er entflochten. Ich glaube, sagte Ara, daß alle Männer ihre Hausschlüssel über Bord geworfen haben, als sie draußen auf dem Meer waren, als sie beschirmt waren von der blauen Tiefe und so weit weg von unseren Augen.

Ich dachte, der Tod könne auch eine vereiterte Wunde sein, sagte es aber nicht, und während Ara und Anna über die kleinen Häfen ihrer Inseln sprachen, stellte ich mir vor, wie es nur wäre, wenn man den Tod aufstechen könnte, mit einer heißen Nadel, und drüben, auf der anderen Seite der Liebe, würde dann die Genesung beginnen. Wie zur Bestätigung sagte Anna, drüben wüßten die Männer sicher um die Wahrheit der Orangenbäume, um die unterirdische Beschaffenheit der Inseln und um den Wind der gekommenen Zeit, der Entdecker zu Entdeckern macht. Danach war Ara ins Haus gegangen, war lange drinnen geblieben, wie immer, wenn sie die leuchtenden Augen bekam.

Anna fuhr am nächsten Tag zurück nach Silba. Ara stand lange am Hafen, und später sah ich sie wieder über die Hügel gehen, Annas Zettel in der Hand, mit ihren kniehohen Stiefeln und der Strickjacke, die sie wieder mit dem Gürtel festgebunden hatte. Sie sagte am Nachmittag beim Kaffee, die Sonne sei heute besonders schön, ganz still sagte sie das, als habe sie im Grunde gar keinen menschlichen Satz gesagt, eher etwas mit ihm Verwandtes und Unzerstörbares an der Stelle der Sprache gefunden, sanft und heiter klang es, als werde man nach seinem Aussprechen mit einer feineren Zunge geboren. Sie sprach jetzt von den Männern, von dem einen Mann, immer öfter erzählte sie von ihrer Hinterlassenschaft. Was das genau war, habe ich nicht begriffen. Mir schien es, die Fortgebliebenen, und der eine unter ihnen, hätten doch nichts anderes außer der Asche ihrer Zigaretten dagelassen.

Als wir bei einem unserer Spaziergänge oben auf dem höchsten der sieben Hügel standen, sagte Ara, ich glaube nicht, daß die Männer umgekommen sind. Ich bin sicher, sie haben irgendwo ein neues Leben begonnen, sagte sie. Ich glaubte schon immer an ihr Überleben, in Finnland könnten sie doch angekommen sein, an einem norwegischen atemraubenden Fjord oder natürlich im freien Amerika. Sie lächelte dabei und zog ihre Strickjacke aus, Amerika, sagte sie, das hat sich doch auch erst jemand ausgedacht, bevor es das werden konnte, was es einmal auch wirklich war, ein Land der Pioniere, ein Land der Freiheit.

Jeder Mensch ist ein Sieb, in dem die Stunden zerrinnen. Ara sagte, als die Männer gingen, war die Luft kadmiumblau. Die Bambushaine, die Bucht, der Sand, reine Bewegung. Dieses Bild leitete in ihrer Erinnerung eine Verschmelzung ein. Immer wenn sie später an die fortgegangenen Männer dachte, sah sie die Rolläden im Zimmer ihrer Kindheit vor sich. Sah, wie das Licht der Laternen durch die Rolläden hindurchschimmerte. An den Wänden hatte sie sich ein Lichtspiel ausgedacht, sich vorgestellt, dort ein Karussell zu sehen. Es drehte sich immer, wenn draußen ein Fahrzeug vorbeifuhr. Von diesem Augenblick an zog sich eine lange Reihe von Phantasiefahrzeugen durch ihren Raum. Solange sie konnte, blieb Ara wach und die Eulen meldeten ihr die eine Stunde, in der die Träume Füße bekommen. Dann betete sie schnell vor dem Einschlafen für die fortgegangenen Männer.

Ich glaube, die Werkstatt der Wolken ist im Wind zu Hause, sagte sie zu mir, als ich längst an die Werkstatt nicht mehr gedacht hatte. In der Bora, in der Tramontana, dem Schirokko, dem Mistral, dem Libecchio. In den Winden wohnen Farben, wohnen Wetterkanäle. Die Wolken sorgen dafür, daß Gesetze und Verordnungsbücher uns nicht blenden. Unter den Namen der Winde wohnen noch andere Namen, andere Wörter, andere Einheiten, die Windanmut heißen, Windgesicht, Windwohl, Windzimmer, Windweg, Windmensch, Windauge und auch Windflügel.

Ist es wahr, fragte ich, daß deine Mutter die Winde rufen konnte. Nein, sie konnte nur mit ihnen reden, sagte Ara, auf die Art der Winde, so, wie Wolken auch mit den Bergspitzen reden können, mit den Baumwipfeln oder mit dem Meer. Manchmal habe ich gedacht, meine Mutter riefe ohne Unterbrechungen die verschiedenen Winde, tue ganze Nachmittage nichts anderes als die verschiedenen Winde zu sich zu rufen. Ich habe lange geglaubt, das sei der Beruf meiner Mutter. Die Windruferin. So nannte ich sie in Gedanken. Ihr Haar sah fast jeden Tag wirr aus. Sie war draußen, bei den Pinien, hat bestimmt ihre Windgespräche geführt, hat die Tramontana tanzen lassen, wurde von der Tramontana getanzt, wie sie es selbst sagte, bei ihrer Rückkehr, wenn sie vor dem Haus den Kaffee trank und sich die Strähnen aus dem Gesicht hinters Ohr legte.

Der Wind bringe manchmal auf den Inseln die Patrizierhäuser zum Seufzen, steige in Kamine ein und lasse die Schatten zittern. Sie wußte, daß sie von den Leuten im Ort nicht verstanden wurde. Das war ihr gleichgültig. Nach dem Zittern der Schatten kam immer der Regen. Ara sagte, ihr sei der Regen wie ein Bruder der Schatten vorgekommen, der sie Tropfen für Tropfen wieder vergessen machen wollte. Aber er war auch der Retter des ausgedörrten Eilands. Ihre Mutter war auf der Langen Insel zur Welt gekommen, und dort sei ihr der Regen wie der Zuarbeiter der Ölbäume vorgekommen, deren harte silberne Blätter sich nach der Nässe in ihre Ursprungsform ausgebreitet hätten.

In den Felsen, am Ufer, sahen wir selbst die Arbeit des Regens. Die mit Morgenfrische angemalten Gegenstände hatten lange in die Tageshelle hineingestrahlt. Ihre Mutter habe immer auf die Treppen gesehen, sagte Ara, auf die Mauer, auf die Sträucher und Steine wie auf etwas gerade neu Erfundenes. Dann ging sie wieder zu den Pinien. Einen Pfauenfederglanz brachte sie in ihren Augen mit, kam zurück mit dieser Stille, hatte die Stille bei sich wie eine Frucht in der Hand, und in den Wangen lag die Stille auch, im ganzen Gesicht. Von ihr hatte Ara diese Vogelluft in den Stimmbändern, und seitdem die Mutter tot war, wußte Ara nichts mit sich anzufangen.

Der Abendhimmel nach dem Begräbnis war dunkel bestirnt, die Nacht, eine Herrscherin über die Formen. Draußen in der Welt brachen Kriege wie großgezüchtete Geschwüre aus, unter denen der Eiter wütend über einen ganzen langen Winter hinweg gekocht hatte.

Flieger umkreisten die Küste, machten Krach, machten sich wichtig mit ihrem Krach und zogen wieder ab, überließen den Himmel den richtigen Vögeln. Die Geschichte zog ihre Hemden aus. Ara hängte weiße Linnen zum Trocknen vor das Haus. Als die Flieger endlich ausblieben, landete der Gesang der Vögel genau an jener Stelle in der Mitte der Brust, in der auch das Schweigen ihrer Mutter zu Hause war.

Da habe sie gewußt, daß ihre Leiter lebendig war, daß es stimmte, was sie erzählt hatte, sie kannte sich mit dem unsichtbaren Klettern aus. Sie habe die Ankunft des Windes immer geahnt, schon an der Stelle, an der er sich den ersten Schuh anzog, einen singenden Mantel anzog, Ara sah es genau, wie die Luft sich in den Wind und wie der Wind sich in etwas anderes verwandelte. Dann sei sie stets die Leiter wieder hinuntergegangen und habe irdische Dinge gesagt, erst leise, dann lauter werdend hörte sie sich und ihrer eigenen Stimme zu. Stuhl, Tisch, Speisekarte, Fisch, Berg, Socken, Wind, Mensch, Glocke, Hand, Auge, Mund. Die Worte weckten sie auf und die Leiter wurde abgebaut, Sprosse für Sprosse ausgewechselt durch das Nichts. Etwas aber blieb ihr immer aus dem Land der Leiter erhalten, und das einfachste Wort nahm es in sich auf, dieses Mitgebrachte, dieses Wissen, das sich der Sprache meisterhaft entzog, auf eine Weise, als hätten sie es gerade deshalb erlebt, um zu sehen, wie es sich entziehen konnte und wieder ohne Namen, wieder ohne Sprache blieb.

Meine Mutter konnte am besten schweigen, wenn die Winde fortgegangen waren, sagte Ara. Sie witterte nach den starken Winden immer eine innere Brise, sah in den Bäumen winzige Häuser, und manchmal roch sie die Farben, meistens vor dem Zubettgehen. Aber der letzte Geruch gehörte der Erde, den sie in vier verschiedenen Abtönungen empfand.

Diese vier Gerüche unterstanden vier Schichten der Erde. Sie sah zu jedem Geruch eine zierliche Frauengestalt. Die Gerüche konnte sie auseinanderhalten, weil sie die Gesichter dieser Frauen vor sich sah. Wir anderen konnten sie weder riechen noch sehen, geschweige denn voneinander unterscheiden. Die Frauen waren es auch, die ihr halfen, die Ankunft der Winde zu spüren und sie auseinanderzuhalten. So hat sie es uns Kindern erzählt. Mein Vater sah nichts von alledem. Aber er schwieg und sah zu mir, als wisse er doch alles, als sei auch ihm all das vertraut. Dabei rauchte er immer. Er schaute freundlich zu uns her, aber etwas an seinem Blick war unheimlich. Manchmal dachte ich, er sieht uns an wie Menschen, denen er nicht angehört. Ich hatte Angst, daß er uns eines Tages vergessen, daß er weggehen und ein Schiff besteigen, auf diesem Schiff für immer verschwinden könnte, wie jene Männer, für die ich am Ende meines Lichtkarussells immer betete.

Der Libeccio brachte eine Art Tanggeruch mit sich. Er sei unter den Winden der Meerfahrer, der Casanova der Lüfte, ein Südwestwind, wie er im Buche steht und der sich mit rollenden Wogen über dem Meer zeigt. Mit sich schleift er etwas Neues. Kam der Libeccio, kam auch etwas anderes in das Leben von Aras Mutter. Sie streifte umher, kam aber stets rechtzeitig ins Haus, bevor die Fischerbarken vor den Klippen, beim Bergen der Netze, umgeworfen wurden. Die Geschichte gleiche mehr verfaultem Seegras als so etwas Großem wie der Wahrheit, sagte sie.

Das Kreisen des Libeccio um die Leuchttürme, seine schleifenden Schritte brächten jeden Plinius in Verlegenheit, sagte jetzt Aras Vater. Mit der römischen Geschichte kannte er sich aus. Manchmal träumte er davon, jener Cicero gewesen zu sein, der ein Redner war, der so vieles sagen konnte.

Hoch oben, auf den gewittergrauen Wellenkämmen des Meeres, herrschte der Libeccio wie ein König. Die undurchsichtigen Regenböen entstammen seinem Herrschaftsgebiet. Die Tramontana hatte die Mutter besonders gern. Sie und die Bora waren die Frauen unter den Winden. Meine Mädchen kommen, sagte sie, und in diesen Augenblicken galt es, die Knie unter dicken Strümpfen zu verpacken. Ich hatte eine ganze Kiste voll solcher Strümpfe, sagte Ara, vererbte, noch von der Großmutter, die Sinn hatte für Farben und Formen, viel Selbstgewebtes gab es in der Truhe, Täschchen und Rucksäcke und weiße feine Socken mit einem Muster, das aussah wie unzählige untereinander geöffnete Fensterchen.

Die Kühle der Tramontana nahm jeden Kopfschmerz ab, hat Aras Mutter behauptet, als fege sie durch die Lücken der Synapsen und nehme genau jene Stelle mit sich fort, an der der Schmerz festsaß und auf sich beharrte. Sie hat sogar einen Geschmack nach Kräutern, sagte sie, und trägt die Stimme des Felsbrockens in sich. Meine Mutter liebte also alles Vorübergehende und sehr wenig sich selbst, sagte Ara. Ihr Verlangen nach dem Frösteln der Luft war einzigartig, die Perlmuttglasur der Wolkenkontinente, besonders an kalten Wintertagen, war ihr das Zeichen dafür.

Aus der Erinnerung schien Ara eine Art Nahrung für ihre Zielstrebigkeit zu gewinnen, etwas wie Treue könnte das gewesen sein, etwas noch viel Schöneres als goldgelbe Blütenkronen. Das Scheitern gibt es nicht, sagte sie. Und Anna sagt, Ara sei in die Hoffnung wie in eine Türe eingetreten. Ich habe das nie gesehen, mit mir hat Ara meistens nur über die Werkstatt der Wolken und über die Vergangenheit gesprochen.

Der Tod reißt altbekannte Türen auf, sagte sie zu mir, bevor ich die Insel verließ. Die Wappen der Erinnerung nahm ich nicht mit. Ich weiß nicht, ob Ara den Eingang in die Werkstatt gefunden hat. Als ich gegangen bin, habe ich sie nicht danach gefragt.

Sie hat gesagt, ich soll ihr meine Telefonnummer schicken. Das habe ich gleich versucht, als ich an meinem Ort angekommen war. Es hat lange in Aras Träume hineingeklingelt und ich habe meine Nummer laut und deutlich ausgesprochen. Ich habe gesagt, Ara, schreibe dir meine neue Nummer auf. Sie hat mich nie angerufen, warum, das kann ich nicht sagen.

Sie ist gerne über die Hügel gegangen, dabei vergeht der halbe Tag. Sie hat gerne vor ihrem Haus Kaffee getrunken und auch dafür braucht sie Zeit. Aber nach ein paar Monaten hat es dann eine Nachricht von ihr gegeben, sie hatte meine Adresse herausgefunden und mir geschrieben. Ein Foto hatte sie beigelegt, auf dem sie mit ihrer Strickjacke, den alten Kniestiefeln und dem abgetragenen Rock zu sehen ist.

In der rechten Hand hält sie eine Schachtel, aus der es raucht. Sie habe die Werkstatt gefunden, hat sie auf die Rückseite des Fotos geschrieben, sie grüße mich und wolle doch sagen, daß die Nachtigall ein guter Vogel sei und der Zilpzalp auch.

# Inhaltsverzeichnis